JN057738

ドクトル大二郎

感謝を込めて ありがとう

肥田 大二郎

鳥影社

ドクトル大二郎
感謝を込めてありがとう

はじめに

　弘前大学の医学部に入学してから早いものでもう50年近い年月がたちます。その間の学生時代、その後の勤務医、そして開業医などの思い出を、ボチボチ・ポトポトと文章に綴ってきました。もう2、3年経ちます。様々に考えながら、診療が終わった後にやろう、やろうと思いながら、この文章は入れたほうがいいのか、こんなことを入れたら皆さんに悪い、大学や先輩たちに叱られるなどと、毎日考えあぐねてこんなに長く時間が経ってしまいました。

　実は一週間前に私が聖隷浜松病院でお会いした外科の中谷雄三先生がお亡くなりになりました。

　中谷先生が小林先生、塙先生と一緒に伊豆に来ていただいた時に、当院で医師が不足しているのを知って、聖隷浜松病院で働いていた時の後輩の医師を2人も紹介していただきました。そのおかげで私の診療所はつぶれなくて済んだのだとしきりに思うのです。

　中谷先生は聖隷浜松病院の外科部長をされておりました。私達がわからなくて困っていた悪性リンパ腫など難病の患者さんの手術をしていただいたり、その患者さんが亡くなられた後は、死後の解剖までやっていただいたり、また、体をきれいに拭いて、鼻孔や肛門などに綿まで入れていただき、すごい先生でした。ガンの末期だった私の同級生のお父さんの腹水穿刺をしていただいたり、様々な医療をして下さり、中谷先生はほんとう

にものすごいビッグドクターでした。一生懸命仕事をなさって
おられました。

　その先生が一週間前に亡くなられて、私はハッと思ったので
す。医学のすばらしさを教えてくださった、そしてさんざん世
話になった先生がたや同級生、患者さんに、そして私を助けて
下さる当院のスタッフの皆さんに、私の医者としての道のりを、
とりわけ「ヤブ医者」としての道のりを綴って捧げたいと思っ
たのです。

　もちろん文章はぐじょぐじょで、良くわからなかったりする
ようなところがあるとは思いますけれど、お許しくだい。

——2020 年 10 月——

弘前大学北溟寮３階

　私が受験した頃の弘前大学医学部の入学試験の倍率は、例年は 30 倍前後でしたが、なぜか私の時は偶然に下がって 7 〜 8 倍でした。今と違って昔は国立一期校、二期校というのがあって、旧制高校のナンバースクールから出た一期校は、東京大学、京都大学、大阪大学、北海道大学、新潟大学、東北大学、九州大学などが有名で、二期校には弘前大学、群馬大学、信州大学、鹿児島大学などがあり、二期校は地方の国立大学ということになります。太宰治の卒業した弘前高校も弘前大学の前身でした。一期校を落ちた人は二期校を受けることになります。一期校が多くて二期校が少なかったので、当然二期校の倍率の方が高かったのです。中には三重県立医大、和歌山県立医大など俗称で言うと三期校というのがあって、倍率が 80 倍なんて言う時代でした。

　私は昭和 22 年〜昭和 24 年生まれの団塊の世代で、同年代の輩がやたらに多い時代で、受験生も今の 3 倍くらいいました。逆に医学部は、国立大学、私立大学など合わせても現在の半分位しかなく、入学するのが大変でした。

　我々の同級生だった大好きな O さんは、入学式で隣の席の学生に向って、「君のおかげで入学できたんだよ、ありがとう。」なんていう話もありました。入学試験の時覗いたのかも知れません。

　金銭的余裕のなかった私は、大学生活をどう送るか調べて、

貧乏学生は、教養学部の1、2年は北溟寮、専門学部3年、4年は北鷹寮があるのを知って、北溟寮に入ることにしました。

北溟寮3階でした。3階は「花の3階」、4階は「愛と知性の4階」なんて面白い頭文字を付けていました。北溟寮の寮費は月に1,000円、食事は2食付きで1食がなんと50円でしたから、1か月食事代は、3,000円（どんぶりの蓋の上におかず、バケツに入っている豆腐、かぼちゃなどの味噌汁は、具が少なくて後から行くと何が入っていたのか分からない食事でした）。4,000円あればひと月なんとか生活が送れるわけです（ただし昼飯は大学の食堂で120円くらいでした）。

私は北溟寮に入ってすぐに4階の入学生の早稲田を辞めてきた中退生と、大学の教養学部の前にある居酒屋「いこい」で千円札1枚握りしめ、"入学祝い"なんていうのを二人でやっていました。

私が入った北溟寮3階は、原則として二人部屋です。医学部の学生は、医学部の先輩と一緒に生活するわけです。私の部屋は左右にベッドと机があるのですが、私は右側で、左翼運動、赤軍派で有名な福島県出身のAさんが過ごしていた部屋でした。Aさんは連合赤軍で浅間山荘事件に関与して捕まりましたが、弘前大学医学部に2番で入った秀才だという事でした。私はそんな秀才の後の部屋に入るような頭を持っている男ではありませんでした。私は「大日本帝国打倒！」なんていう左翼系の文章が壁1〜2メートルにわたり書かれていた所に、きれいなデザインのある青い壁紙を買ってきてベタベタと貼り、全部壁紙で隠しました。

歳は関係なく学年が全てです。私のような3浪の1年より現役の2年生の農学部、人文、教育学部などが上なのです。

　当時は大学に入ると左翼系の学生運動に熱中するものが多く、私が弘前大学に入学した2、3年前は東大紛争で東大の入試が中止になったのです。左翼系、いわゆるマルクス・レーニン主義と言うのか、民青というのは日本共産党系で、またそれに反対するのが中核派、革マル派、社青同とか、いろいろな若い学生がすぐに過激思想に走るわけです。そういう左翼系に入って、大学を卒業できず、大企業に就職もせず、生協で働くなんていう人も出てきました。どうしてそのような左翼系の思想は若者を魅了したのでしょうか。

　入学式が終わると、寮で新入生歓迎会が開かれ、今、問題になっている酒の一気飲みを新入生に勧めるのです。どんぶりに安い青森の地酒「みのり」を入れ、「よし！一気でワッショイ、ワッショイ！」と言って酒を勧めるのです。中には酒が弱く、飲めない若者もいます。どういうわけか、私は呑み屋の息子だし母親似なのか、酒に少し強いのです。私自身が新入生にもかかわらず、「なんだお前、飲めないのか！　よし、俺がお前の分を飲んでやる！」などと言って、結構元気のある1年生の生活を送っておりました。

　3階の先輩は小椋佳の「さらば青春」のレコードを持っていて、良く聞かせてくれました。

　そして、飲み会が終わると、3〜4キロ離れた女子寮まで「ワッショイ、ワッショイ！」と叫びながら、国道を2、30人くらいで肩を組んで走って行くのです。酒を飲んで走って行くので、

中にはぶっ倒れたりする学生も出てくるのです。やっとのこと
で女子寮に到着すると、自己紹介をするのです。

　私が「弘前大学麻雀学部兼医学部1年、肥田大二郎です！よ
ろしくお願いします！」とあいさつをすると、屋上からバケツ
に入った冷たい水がバシャーと飛んでくるのです。すると大声
で「ありがとうございました！」なんていう変な学生生活です。
なんて馬鹿げた、そして底抜けに愉快な青春だったのでしょう
か。

　一級上の農学部の先輩に、女子寮の前で投げをくらって腰椎
を圧迫骨折した人物もおりました（自分の事です。農林水産省
に就職が決定した農学部の先輩に私がやられました）。

麻雀学部1年です

　私が入った北溟寮の左側の部屋にいた、同じ静岡出身の人文
学部に2、3浪で入った石田君（静岡市でデパートの配送係を
していたそうです）は、スーパーから賞味期限が切れた10円
の即席ラーメンを買ってきて、お湯を沸かす為の小さなポット
の中でラーメンを小さく砕いて作っていました。実家からの仕

送りはゼロ。ほとんど毎日土木作業員などのバイトをしていました。10円のラーメンがない時は深夜、寮の食堂に忍び込み、翌朝の飯のおかずをちょっとだけ失敬して食べていたようです。

　彼は、多くの時間「共産党宣言」などという「左翼系」の本を読んでいました。

　彼と一緒に寮の前にあるリンゴ農園へ、1日800円のアルバイトに2、3回行った事がありました。脚立に登ってリンゴの雄しべと雌しべをくっつけるような仕事でした。私は相変わらず陽気に「リンゴはいいな〜雄しべと雌しべとくっついて〜♪」などと歌いながら、バイトに熱中しました。

　彼は、大学の5、6年で留年していたため進級することができず、彼のデートは「あそこ」という郵便局の前の呑み屋で、自分は焼酎、彼女には日本酒を飲ませていたようです。

　彼は中退となり、静岡から来た娘さんに惹きつけられ故郷に帰り、その後彼女の勤めていた会計事務所に就職し、地元の法経短大に入り直し、最後には税理士の試験に合格したと聞きました。ほんと女性の力は偉大です。

　私が聖隷浜松病院に勤務していた頃連絡があり、その後、私が開業してからは、顧問税理士となって頂いております。

　また彼と同室の先輩は、今朝幸さんという素敵な名前を持つ人で、格好良く色男で、性格も良い人でしたが、 私が寮を去ってから数年後、アメリカ大使館襲撃事件で逮捕されたと知り、ビックリ仰天しました。

　その頃の若者はなぜ左翼思想に熱中したのだろうか。悲しい

ことだ、社会の矛盾をそのような形で表現するのは！（私は、昔は右よりでしたが、最近は少し左が入ってきたか？）

　左翼の運動家には二つのタイプがあります。

　　①ずっとのめり込む。武力行為までして警察から追われる、一生左翼系の生協などに勤めるか。

　　②卒業する頃急に社会に合うように転向し、一流会社へとうまく就職する。

　私はどちらかというと、自分の生き方を世の中に上手にフィットさせることが目的で、魅力のない、資格もない、力もない人間だから、世に出て行くまでに絶対に資格を取ることが目標でした！

　学生運動はなぜ若者を引き付けたのだろう。

　むかしむかしの話、私が 10 歳くらいだったか、狩野川台風があった頃です。たぶん左翼で、共産党の人が来て街頭演説をしていました。それを聞いて感動した私は父に話しました。ところが父は「そうではない！」と……。

　父は布団綿打ち直し工場、運送業などもしていましたが、狩野川台風で破壊し尽くされた地域の復興工事に来る土方さんを相手に、母の他に 2、3 人の若いご婦人を使ってラーメン屋兼呑み屋、「花菱」を始めました（花菱と言う名は、父一郎が養

父の井上大作さんと別府市に行った時に、そこに花菱旅館があり、それに憧れて名づけたようです）。母より1歳上の清子さんは、夫が結核になったので、生活費のために働いていました。

　初日はラーメンが売れ過ぎました。ラーメン50円を配達していました。出前のお客さんから、「ラーメンが来ないのだけど」と電話が来ると、父は「はい、もうすぐ着くころです。お待ちください」と言って、ラーメンを作り始めるのです。

　原汁がなくなると、水で薄めていました。旨いはずもない。生きていく事は、こんなに大変な事なのかと肌で感じました。

　父は私の反面教師でした。高校時代とその後の3年間の、私の頭を占めていた思い出です。

　「社会に出てゆく時、何をもってゆくのか。何を武器にして世の中を渡ってゆくのか。頭の良さか、学問なのか、資格なのか、お金か、性的魅力か、高尚なる精神か、絶え間ない忍耐か、家柄か、親の経済力か、大二郎にはほとんどこれらのものは、縁がなさそうである」。ただ真面目で勤勉で誠実な父を見ていると、彼のように学問がなくとも立派に生きていることに尊敬を覚えるのでした。だが、正直者であり、両親もなく、資格もない人間は、パン屋、八百屋、土方、運送屋、食堂、飲み屋になっても、貧乏生活から抜け出せないで、毎日お金の心配ばかりしている。

　父は偉大なる「反面教師」だったのです。

　父は大二郎よりはるかに勤勉で魅力的であったにせよ、父の二の舞だけはご免でした。

人間はみな同じ！　最近『137億年の物語』と言う本を読み、なおさらその思いが強くなりました。ただ、不平等なのか、父が首相をやったから……子も孫も政治家？　家系があるのはおかしい。医師も同じ、みな頭は同じ、考え方も同じなのです。

　寂しい、悲しい、楽しい、人の喜怒哀楽を喜び合える人間でなければならない。

　大学に入ってから2年間は、英語、社会学、数学、物理、など、もう一度勉強する期間です（ドイツ語、フランス語もあったかなぁ）。2年間というのは医学部だけではなくて、農学部、人文学部、理学部の学生などと一緒に授業を受けるので、私は「教養学部」なんていうのはその当時はなくてもいいような、なんて言うと怒られますが、やっと大学に入ったので、2年間はそのご褒美のようなもので、彼女を欲しがったり、適当に授業を受けたり、適当に麻雀をやって、麻雀荘から試験場に通う、なんて事もしていました。

　ある時、教養学部で英語の試験問題を出しに行くと、講師の先生から「肥田君、今日は俺のところで麻雀をやるから仲間を連れて来い」なんて言われ、「良かった！これは合格だ」と思ったのです。そして仲間を3人連れて行って、先生の所で麻雀をしたのです。先生は相当おかしい麻雀をする人で、「肥田君、ちょっと待て。僕がリーチという事で、1人、2人目で肥田君の三萬が出てきたからそれは一発ということだ」（えーっ、先生、それはないでしょ！　まぁいいかッ、合格と引き換えじゃあ!!)、なんて思ったりしていました。なのに、試験発表の日、英語の試験は不合格でした。

　よっぽどバカかお人よしか、俺は！

　なんだ、仁義のない奴だなぁ！　その先生は確か、東京の私立の大学へ助教授になったとかで弘前を去ったと記憶しております。仁義がない！　英語なんて今更どっちでもいい！　早く専門に行きたい。早く医学の勉強をしてみたい。というような時です。まあなんとか進級はして教養学部を2年終え、医学部の1年ということになったのです。

　また同級生が選択ミスで進級できないとか、後輩が眼の網膜剥離の手術のため3か月くらい休み、進級できない事になると、知り合いの静岡県出身の教授にひたすらお願いをするのです。すると進級できるようになりました。とても世話焼きでもあったのです。

解剖学（山内下宿）

　医学部は、最初の2年間は教養学部、残りの4年は本番の医学の勉強です。

　医学の勉強でまずびっくりするのは解剖学です。死体解剖です。解剖学というのはまず骨。骨の標本がいっぱいあるわけですから、骨をどこがどうだ、とラテン語で覚えるのです。

　Spina iliaca anterior superior（上前腸骨棘）前のところの腰の横のスカートがひっかかるところ、胸の真ん中の剣状突起という *xiphoideus*、それとか、足の骨の真ん中くらいが、豆状骨 *pisiforme*、そういう40年くらい前の事をいまだに覚えています。頭を使うという事より、覚えることが大好きでした。

　本当の人体解剖というのは、亡くなられて、医学生の為に献体を希望されたおじいさん、おばあさんが、アルコール、エタノール漬けの風呂から少し長いステンレスのテーブルの上に白い布に隠されて置かれ、学生4人に1体振り分けられ、右側に2人、左側に2人の学生が受け持ち、解剖が始まるのです。初めは指、次は腕、足、小さいところからひとつずつ、亡くなられたおじいさん、おばあさん（の献体）に目の前で向き合うのは畏れ多く、震えながら解剖を初めてするのです。半分以上も終わって、最後の方に行くと、頭をのこぎりで引いて左右に半分ずつにする、といった事を畏れ多くもしながら、まさに献体解剖をさせていただいた人を通して、私たちは毎日毎日、少しずつ神経の走行、動脈、静脈の状態とか、筋肉がこう付いてい

るのかなど勉強するのです。そうしていると、半年か1年位でしょうか、教室の中でエタノールのついた手で弁当なんか食べられるようになるのです。その頃は臨床の内科の助教授（のちの学長になられました）が、胃の内視鏡を入れる時に喉から食道、胃はどのようになっているのかと見学に来ていたような時代でした。

　夏休みなどは、暑い部屋の中でおじいさん、おばあさんの献体をテーブルの上に置きっぱなしにするわけにはいかないので、大きなバスタブの様な所のアルコール風呂の中に献体を戻すのです。ですから、あちこち解剖をして頭とか顔とかわからなくなってしまったようなおじいさん、おばあさんをそこに沈める。それでまた、休み明けに帰って来ると、一生懸命自分のおじいさん、おばあさんを捜そうと、なかにはその色々な献体の入っているプールの中に入っておじいさん、おばあさんを捜す熱心な生徒もいました。そうして人間というのはだんだん医者らしくなってくるのだと思います。

　解剖学の教授は、順天堂大学出身の河西先生という方で、とても厳しい方でした。非常に厳しく我々は教えられました。私はどういう訳か、ものを覚えるという事が大好きでしたから、解剖学を終わる時は「優」の成績でした。

　助教授の黒滝先生にもとても大切にしてもらいました。昼休みには先生の部屋に行き、美味しいコーヒーを入れてもらったり（趣味でビオラも弾かれていたようです）、私が学生時代に整形外科に入院中何回もお見舞いに来ていただきました。河西先生から「肥田君、将来解剖学に入らないか？」と言われびっ

くりしました。解剖というのは基礎ですから大学の先生になるしかないのです。私は将来、田舎に帰って開業医をしたいという希望があり、「先生、私にはちょっと自分の希望があるものですから」と言うと、「そうか、やっぱり解剖医は無理か。基礎の研究者っていうのは、お金にならないからなぁ」なんて先生に言われた覚えがあります。

解剖の話でちょっと思い出したことがあります。弘前大学卒業後40周年記念を母校でやるという事で、階段状になっている教室で卒業後の、自分達の珍しい症例を、あの時あんなことがあった、こんなことがあったと、言って覚えていたら発表しようと私が発案して、私達が先生のようになって同級生の前で経験した症例を発表したのです（私は自分が開業して5年間の症例を発表しました）。

同窓会と言うのは普通飲んだり食べたり、ゴルフをしたり、恩師を呼んで記念写真を撮る、というのではなくて、私は何か違う事をやりたいと思いました。

前夜祭の時に、2人の同級生がたばこを吸っていました。「おいおい、医者はたばこなんて吸うなよ、カッコ悪い」と言うと、「えー、なんでお前がそんな事を言うんだよ、俺がたばこを吸っているのは、お前が解剖の実習が終わった後、廊下でたばこをうまそうに吸っているのを見て、それからずっと吸っているんだぜ。お前からたばこを吸う事を教わったのに、なんでおまえがそんな事を言うんだよ。俺は信じられない！」などと言われてしまいました（同級生山内君の話です）。

解剖学。それは私にとって医学への原点でした。

医学部専門3年、4年の時にSGT（Small Group Teaching）という仲の良い学生6、7人くらいでグループを作って、第1内科、第II内科、第III内科とか、第1外科、第II外科（当時は、第1内科は消化器、血液、膠原病など、第II内科は呼吸器、循環器、第III内科は糖尿病、内分泌などを掲げていました）、皮膚科、耳鼻科、麻酔科、整形外科、など2年くらいかけて回るわけです。

私は専門の3年生で、山内さんと言う人のやっている下宿屋に入りました。

山内下宿のおじさんは昔、材木屋を経営していたようですが、経営が傾いたので下宿屋を始めたと言うような人でした。

最近、弘前に行くと、山内さんご夫妻は同じ老健に入所しており、92歳、91歳になられていましたが、お元気でした。当時、高校生でデザイン画を始めて、よく展覧会で入賞していた娘さんのナミちゃんも、もう60歳を超えたとの事でした。おじさんもおばさんもたいへん気のいい人で、私の同級生がごはんだけ食べに来るというような時もありました。

また、当時そこに麻雀の好きな同級生を連れて来て麻雀をしていました。

山内のおじさんも麻雀が上手だったので、私の後ろに座って、「肥田君、そっちじゃない、こっちにした方がいいんじゃないか！」なんて、麻雀も教えてもらいました。その山内下宿の5人のほかに、あと2人、沖縄から来た喜名さんと、永野君と、SGTのグループを作りました。彼らは晩飯だけ食べに来てい

たようでした。

　私は自分のコンプレックスのO脚の手術のため、5年生の夏から整形に学用患者（手術料と入院費を払わなくてよい）として入院して、6年もまた夏休みに入院したという事もあって意外に臨床実習に行った回数は少なくなってしまいました。グループの人に面倒をみてもらってなんとか卒業できたようなものです。感謝、感謝。

「国家試験」弘前大学

　国家試験の時には、また浪人時代の勉強方法で、富山県でドクターをしている大橋君と2人で、臨床講堂で一生懸命勉強して、「なんだ、おまえ、こんなのもわからないのか？バカだなぁ！」なんて言い合っていました。

　左翼運動で卒業できない人たちも2、3人はいたのではないかと思います。

　仙台に行って医師国家試験を受けました。

　私の友達で、「肥田君、この電車は青森からの東京駅行だから、仙台には行かないんじゃないのか？」なんていうバカ者もいました。「アホだなぁ、おまえは。電車は青森から盛岡、仙台を通って、それから福島に行って、東京へ着くんだよ」と教えてやりました。

　昔の国家試験は、国家試験対策委員会というのがあり、受験生は一つか二つのホテルに分かれて、国家試験を出題するメンバーに選ばれた大学の卒業試験にどんな問題が出たか？というのを、みんな一所懸命、電話とかファックスで連絡を取り合うのです。私たちの頃は選ばれたのは秋田大学とか山形大学だったのではないでしょうか。「卒業試験に出た問題は絶対出るはずだぞ！」なんて言って、それで結構当たったりして合格したような時代です。

　医師国家試験も我々の4年くらい前までは100パーセント全員合格のようでした。面接の試験があって、胸部のレントゲン

写真を見せられ、「これは何ですか？」と先生に聞かれ、「わかりません」と言うと、「いや、わかりませんじゃ困るから、これはこういうふうに覚えてこい！」「はい、先生、覚えます！」「よし、合格！」なんていう変な試験のようでした。なにか社会の動きは多かれ少なかれそういう事があるのではないか。医者が少ない時は無理やり全員合格にする。少し余った時には少しきつくするとか、そういう操作があったのではないかと思っています。現代でも何かそういうことがあるような気がします。

　国家試験が終わった夜は、仙台の繁華街を目指し、ちょうど偶然知り合った教員資格試験の終わった女子大生達と、スナックで大騒ぎしたこともあります。翌日は、私の親戚の松島のおばさんの所に友達4〜5人を連れて行きました。

　そして、医師国家試験に無事合格となりました。

　同級生たちの話によると、私たちのグループは出来が悪く、2人は（1人は絶対私）ダメで不合格になると言われていたようです。ところが全員合格です。頭の中の知識以外の要領が必要です。

聖隷浜松病院（泌尿器科）

　当時、弘前大学の泌尿器科は、聖隷浜松病院の泌尿器科にドクターを派遣していました。占領地（ジッツ）という意味なのか？、「肥田君は静岡県出身だから、泌尿器科に入ったらどうだ」と勧誘されました。自分は糖尿病を中心とする内科もやってみたかったし、第三内科の後藤教授は（その後東北大学の教授にもなった方で、時々居酒屋で一緒になった事があります）、「100万人の糖尿病教室」なんて本を書いていました。当時、糖尿病の患者は、100万人くらいしかいなかったのか?!

　眼科医にもなってみたいなと考えていましたが、せっかく誘って頂いたので、泌尿器科に入局することに決めました。（これは泌尿器科の先輩医師達がバーやキャバレーに連れて行ってくれたからに過ぎません。俺はよっぽどバカか！）

　「お前はもう少し下の方の科が向いてるだろう、産婦人科が向いてるんじゃないか」と言う友人もいました。

　その後、泌尿器科に入局しましたが、外科系なので上下関係が厳しく、3浪の私の方が年が上なのに大変でした。同級生4人で泌尿器科に入局したのですが、他の3人は大学院生で、私だけ日給2,800円の非常勤医局員でした。

　私は静岡県から学生時代6年間毎月2万円の奨学金をもらっていたので、（6年間で授業料はわずか9万円しか払っていません。）静岡に帰らなければいけないと思っておりました。ところが、願書を送るも、県立総合病院からは返事はありません

でした。(その病院は京都大学の出身が多い、弘前大学はよそ者か～)

　家にも５万ぐらい仕送りをしていました。土曜、日曜は近くの病院で夜間当直のアルバイトをしていました。呑み屋の父が稼ぐより楽かな。

　泌尿器科の地方会というのがありました。その時に助教授から言われて、信州大学の教授と慈恵医大の教授、という有名な先生方をお二人を十和田湖にご案内したことがあります。他の同級生達は地方会に講演会が始まるまで出席しているのですが、私だけは教授の乗る高級車に先生を乗せて、十和田湖や奥入瀬をご案内したのです。私は静岡県出身ですから、十和田湖方面に詳しいわけではありませんが、「乙女の像」とか奥入瀬渓流とか、「湖の底に沈んだりんご～♪」という歌もある十和田湖へご案内しました。

　私はその時、信州大学の柿崎教授から「泌尿器科医は、尿沈渣、赤血球、白血球、異型細胞は自分で見なさい」と教えて頂きました。もう一人の慈恵医大の先生に十和田湖名産の「ヒメマス」を勧めると「寄生虫がどうのこうの」と断られました。その時「先生、あまり小さい事は気にしないで下さいよ」と言いました。私もいい加減で、案内係の１年目なのにずうずうしい話をしたのではないかと思っております。今は泌尿器科医でも尿の検査を自分で見ない先生も多いかもしれませんが、(開業してから、尿中の異型細胞から膀胱腫瘍を２例ほど見つけたことがありました。私だけが非常勤医局という身分でしたので、学会にもあまり出席させなくても良いと考えたのかもしれませんが、私は

話下手なのですが、なぜか何か見つけて地方会で発表するのが好きでした。（シスプラチナの話は後から？）

　弘前大学の泌尿器科にいたのは2年でした。実際は1年であとの1年間は弘前大学の泌尿器科の教授が人工透析センターを作り、国立大学の教授が財団法人の透析センターの理事長というとても変な事で、1年は透析センターで働きました。

　私は、泌尿器科医と言っても手術ができるわけではありませんでした。診断学も先輩の医師がやっていることを見ていたようなものでした。あまり勉強らしい勉強はできませんでした。ただ、盆暮れに教授から5万円ずつ「肥田君、お小遣い」と言ってもらいました（これは、私は教授に好かれているから、大学に残れれば良いポストに残れるのではないかと期待しておりました）。

　ある時、医局の秘書から「肥田先生、弘前の某病院で医療監査がありますから、行ってください」と言われました。訳もわからずその病院に行くと、「肥田先生はうちの病院に毎日出勤となっております」と言われ、「肥田、肥田、肥田」と印鑑がついている出勤簿を見せられました。世の中の仕組みに弱い私には、まったく何のことかわかりませんでした。

　その外来に来た患者さんの見たこともない胃のバリウム検査の二重造影の写真を説明してくれと言われたり、自分でも分からないような泌尿器科でパイプカット（精管結紮術）をした患者さんをもう一度、元に戻してほしい、という患者さんを診た覚えがあります。もう38年くらい前の話ですが、その事はよく覚えております。

要するに私は某病院のドクターとして知らない間に登録され
ており、監査がある時にただ行っただけ、という事だったよう
です。どうも教授の奥様がそこの病院の理事をされていたよう
です。

　同級生にこの事を話すと、みんな同じようなものだったと言
われました。菅野先生は「とても生活出来ない」と教授に相談
に行くと民生委員に相談して、生活保護を受けるようと言われ
たそうです。

　ドクターになった一年目は、どうもまともなドクターではな
かったと自分でも思います。

　教授の総回診時のことです。患者さんが「うんこ」をしてい
る時に、「肥田、便を拭け」「はい、先生！」その患者さんの名
前がS岩次郎さんと面白く、その名前をいまだに覚えています。
結核がわからなくて誤診したKさちさん、という名前も40年
以上たった今でも覚えております。

　教授が回診している時に、「肥田、この薬はなんだ」と私に
聞くのです。私は「それは注射です」と答えると、教授は何に

効果があるのかという事を聞いているのに、私はピントがずれたことを答えておりました。

　また、外来で、女性なのに子供が生まれなくて、どうも鼠径部に膨れたものがあるらしいと言って、講師が、この患者さんは2、3年前に染色体を調べてあるはずだからちょっと見てくるように」というので、私は「はい」検査部へ行って確認し「彼女は染色体XYです」というと、講師は「そりゃ彼女は男性だ」と言うのです。ご婦人として結婚して生活しているにもかかわらず、男だというのです。私はその講師に「先生、それはおかしいでしょう。社会的な性もあるんですよ」なんて訳のわからないことを言って上司に刃向っていました。

（腎生検の話）

　今は腎臓内科がありますが、昔は泌尿器科でも腎生検をしていました。先輩が「腎生検は脊骨の中心から四横指、12番目の胸椎から二横指の交わったところに腎臓がある。そこから針を入れて生検をしなさい」と。挿す場所を間違え腎生検ではなく小腸生検になってしまった先輩もいたという事です。当時は超音波診断もない時代でした。私はその方法は危険だと思い、DIP（腎盂造影）を取り入れて患者さんを腹這いにして透視化で腎臓の生検をすべきだと思い、ドクターになって1、2年は私独自の方法で腎臓検査をやっていました。不思議な事に先輩のドクター達には何も言われませんでした。

　弘前大学の泌尿器科に2年間勤務し、3年目には約束どおり、静岡県浜松市にある聖隷浜松病院の泌尿器科のドクターとして

派遣されました。

　ここでも腎生検をする時に付き添ってくれる人は臨床検査技師のF君が多かったのですが、摘出した標本を虫眼鏡で見て、糸球体の数の調べ方を教えてくれるのです。病理は川崎医大に送り、新潟大出身の教授が見てくれて、膜性腎症、増殖性腎症などと報告してくれました。優秀なF君は中卒か高卒なので結局、病院に残れなかったようです（優れた中卒、高卒がいっぱいいます。学歴は必要なのかなぁ）。

　その標本を見ながら、F君が私に顕微鏡を見ながら病理を教えてくれたのです。医師が偉い訳ではなく周りの人にすごい人はいっぱいいます。

　泌尿器科は相当ご年配の上司の先生と私と2人で仕事をしておりました。ところが、その先生はあまり手術が好きではないようでした。

　しかし心臓外科、産婦人科、内科、耳鼻科、と言うようなところは非常に優れている所だと思っていました（聖隷浜松病院には新潟大学医学部出身の先生が多かったようです）。

　私は卒業して3年目なのに、何もできない、外科的な事は何も出来ない、唯一できる事は、包茎の手術とかパイプカットとか、内シャント（動静脈吻合）など透析に使うような小さな手術ぐらいです。お腹を開けて膀胱の手術をする、尿管結石の手術をするなどということはできませんでした。外科の仕事は少なくても2人でやらないといけないので、弘前大学にいた1〜2年頃は、秋田県の北にある能代民生病院にいた工藤先生の左腎臓摘出術のお手伝いした事がありました。朝早く弘前から

週にいっぺんくらい、中古車のシビックで、時には居眠り運転などしながら、対向車にぶつかりそうになったりしながら、やっとの事で能代民生病院に着き、手術の助手をしました。小生のようなバカ医者と手術をしてくれた事に感謝です。

　手術ができなければ出来る先生を探してきてやってもらえばいいのではないか、それで勉強すればと思い、上司である先生になんとか手術するようにお願いしました。3回目くらいには得意の呑み屋に引きずり込んで、またお願いをするのです。ところが、その呑み屋に連れ込んでも断られ怒られました。

　その当時の私は、いろいろ社会的に変な人間であり、勤務時間の終わった5時過ぎは月、水、金曜日は夜間透析があるのでほとんど11時過ぎまで奥の休憩室の麻雀部屋で過ごしていました（夜、麻雀をしながら、脳外科などの緊急手術のお手伝いもしていました。火、木、土もしていたかなぁ？）。

　麻雀部屋で新潟大学整形外科の名誉教授の河野左宙先生をはじめとして副院長、内科部長、外科部長など、偉い人達と麻雀をする、そんな毎日を過ごしていました。

　自称「麻雀部屋の院長」です。「次の病院の院長は誰がいいか」などと分不相応な事を話していました。タバコを吸う習慣をやめたのもこの頃です。ショートピースが1年間で約8万円かかると！　貧乏でしたから、1日で辞めました。吸いたい時は隣の人に「煙を吹きつけてよ」と言っていました。

　泌尿器科と耳鼻咽喉科は小さな科なので、泌尿器科と耳鼻咽喉科で一つの病棟でした。耳鼻咽喉科の白石部長から気管切開のやり方を教えてもらい、非常に仲良くさせていただき、顎が

小さい患者はピエール・ロバン症候群などと、色々と教えて頂きました。耳鼻咽喉科はすごく混んでいたので、患者さんに「耳鼻咽喉科に入院するのだったら、僕が部長と親しいから話してあげるよ」なんて言ったりもしていました。「ただ、うちの泌尿器科はやめた方がいいよ」そんな事を言ったか言わないか……。

　仕事はさっぱりできないけれど、自由奔放に他の科の先生方とお付き合いさせていただき、胸部のレントゲン写真をどう読んでいいかわからない時には、呼吸器科の塙先生のところに2日に1度くらい「先生、ここはどうなのですか？」と内科の方に聞きに行ったりしておりました。

若い男性　妊娠反応陽性

　ある時内科の医師が、風邪様の症状で来た27歳の若い男性患者の胸のレントゲンを撮ると、両肺野に三つの丸い異常影が見つかりました。

　両肺野ということは、一般的にどこからか癌が移ってきて、転移陰影を作ったと考えられるわけです。胃、大腸の消化器とか肝臓、胆嚢などに癌がないかといろいろ調べましたが、分からないようでした。内科の北原先生が、「妊娠反応をやってみたら？」と言われ、男性に妊娠反応をやったそうです。妊娠反応は陽性でした。妊娠反応が陽性になるという事は、睾丸に腫瘍があるのではないか、という事で、泌尿器科に移ってきました。私が右の睾丸を触ると、大きさは普通でもごつごつと変形していました。ここが原発巣か！

　肺転移は遠隔転移ですから、その当時は5年生存率はゼロ。手術をして睾丸を取ったとしても肺に転移があるわけですから、もうこれは局所を手術しても無駄な事でした。もう37年前の話です。

　あまり勉強好きではありませんでしたし、麻雀とか先生達とつるんで浜松の有名なホテルの地下のピアノバーに飲みに行ったりするのが好きなバカな医者でした。

　その頃、アメリカの医学書を偶然見ると、睾丸腫瘍に画期的に効く「シスプラチナ」という薬があり、（今ではすべての癌に基本的に使われている薬のようですが）日本では非売品でし

た。ずっとずっと昔ですが。化学療法ですとエンドキサン、ビンクリステン、マイトマイシンＣなどといった、薬が使われていたようです。シスプラチナはどうなっているのかしらべたのですが、アメリカでは使われていたようですが、日本ではまだ発売されていませんでした。日本化薬とブリストルという製薬会社が、日本人には効くか効かないかわからないので、患者さんに投与して効果があるかないか調べる試験をしているフェイズツー（第２段階）にあるということでした。

　現在ではとても出来ないと思いますが、昔は製薬会社に無理やりお願いして使う、というような事も比較的平気で行なわれていた時代でした。

　ドクターになり３年目のバカ医者がそのような事をしたわけです。普通は病院の薬事採用委員会というところで認証されて、患者さんの了承も受けて、複雑な手続きも必要な訳ですが、若気のいたりといいますか、何も知らないということで製薬会社にお願いして使わせてもらおうと、日本化薬という会社に無理やりお願いして、その会社が販売しているネオラミンスリービーというビタミン剤を内科や他の先生がたに使って下さいとお願いして回った覚えもあります。

　そして、シスプラチナを一人分無料で頂きました。その薬はどうも腎臓に負担をかけるので、１日に3000mlの点滴をしながら使わなければならないと決められていたので、その通りに行いました。その薬を使い始めると、腫瘍が小さくなり、最終的にはすべて消えました。

　私は、その患者さんの九州に住むお父さんに手紙を書き、病

気が見つかった時の肺の腫瘍をスケッチし、また小さくなった時もスケッチして、「このように息子さんの肺転移は良くなっています」と説明したのです。

　当時は肺がんの転移が完治する事は珍しい事でしたから、その症例を学会で発表したのですが、話下手な上に、言いにくい箇所もあるので、一部の文章を話しやすいように変えて、「前日に酒を飲みすぎて、内科の先生方と一緒に作成した原稿をなくした」と話しましたら、「肥田はしょうがない奴だ」と先生方の顰蹙（ひんしゅく）を買ったのですが、なんとかその発表を無事に終えることができました。

　これは診断名とすると、「睾丸腫瘍の肺転移」です。私は「Cis-platinum が著効したと思われる睾丸腫瘍の肺転移の一例」として 1981 年の日本胸部疾患学会の雑誌に発表しました。（その後 5 年位してから悪いなと思いながら、住所を探し出し、彼（彼というのはだれ、患者さんのこと？）に電話をしましたら子供の泣き声がしました。
（私の作った子供だ !!???)

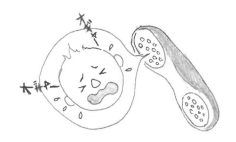

　私が泌尿器科医として 4、5 年経った時の話ですが、ある先生が子供の難しい手術をしたときに時に、翌日、その子の傷口

が開いてしまったのです。その先生は、手術の失敗を病棟の看護師のせいにして、「君たちのガーゼ交換が不十分だからこんなに傷が開いたのだ」なんていう事件がありました。そんなバカな、自分が下手だからって（失敗したのはお前のせいだろ、この馬鹿医者が‼）。

　下手とは言えませんでしたが、私はその時に小さい子供の難しい手術をする時には、関西の方の医大におられる名医に来て頂いて手術をすればいいんじゃないかと思っていました。

　そんなこんなで、私は泌尿器科を辞めました。こんなところにいてもしょうがない。医学的に何も進歩がないまま年を取るだけだし、性格がおかしくなるだけだ。辞めた‼

　辞める時に、看護師達が送別会を開いてくれました。ボスに怒られた中年の看護師さん（労働組合の委員長の奥さんでした）と地元のデパートに一緒に行き、本人も看護師のお父ちゃんも喜ぶだろうと思い、可愛いパンティを10枚ほど買い、看護師さん達にプレゼントしました。いま考えるとちょっと超変な医者でした。

　泌尿器科に入った同級生3人のうち、私以外はみな医学博士になりました。4年間のうち3年半ぐらいは私と同じ仕事をして、半年ぐらいで論文を書いて医学博士になります（その代わりに私は同級生Mに全身麻酔の仕方を教えようと思っていました）。

　大した論文でないものを書いて医学博士。主査（主任教授）に50万円、副査に25万円くらい支払うのか？

　結婚式の仲人に50万前後、医学博士号は国で発行したらと

考えていますが、大反発をくらうでしょう。中には医学部卒業でない医学博士も相当数いるのです。ただ大学を何学部でもいいから卒業して、年に数百万円の学費を四年間支払えば医学博士になれる。またそれが売りで大学院生を募集している大学もあるのです。変な制度です。

　私は患者さんから、医学博士ですか？専門医ですか？など一度も聞かれたことありません。

透析療法メッカの新潟信楽園病院

　腎臓透析の機械装置業者の紹介で熱海の老人病院のような所に勤めて、泌尿器科医兼透析の方も診ていました。そんなに患者さんも多くなかったのですが、内シャントも作ったりとか、包茎の手術をしたり、あるいは睾丸捻転症だと思って手術をしてみたら、なんと、睾丸捻転ではなくもっと珍しい、「睾丸垂捻転症」、睾丸の所に、黒子の様なものがついていて、それが捻転して非常に痛くなったと、そんなことは経験した事がなかったのですが、睾丸を開くと手術は意外と平気で、色々本で調べたりしながらやっておりました。見たことがなくてもなんとなく小さい手術ならできるような気がしていました。

　当時、私は家庭的な事で 1,500 万円以上の金が必要でした。

　信楽園病院は透析では日本で有数で一番中心的な病院なので、その顔つなぎ（？）という意味で信楽園病院に研修医で赴任しました。研修医なので給料は一銭も出ないのです。熱海の病院から名目上の給料をいただいておりました（本当はまずいと思います）。ただ、金、土、日は静岡に帰るので、昔は今のように新幹線がない時代でしたので、朝一番の飛行機で新潟空港に着いて、それから信楽園病院に行くとか、あるいは夕方の特急電車に乗って、5、6 時間くらいかかり朝方伊東か三島に着くような生活をしていました。

　信楽園病院はほとんどが新潟大学出身の先生たちでした。一人、二人は東北大学出身でしたが、若い先生は他にも少しずつ

あちこちの大学もあったかもしれませんが、私は弘前大学ですから、新潟大学は国立一期校、弘前大学は国立二期校、という事で少し上級な病院に半年ほど勤めることになった訳です。

　幸いな事に、聖隷浜松病院の泌尿器科にいた時、内科の先生、耳鼻咽喉科の先生、脳外科の先生、整形外科の先生達は新潟大学出身先生が多くて、信楽園病院で働く時に「面白い奴が行くから頼むよ」と色々と声をかけて頂いたようです、多くの先生方に精神的に助けられました。

　私は、人に接するときには明るく、そして相手に伝えるためには表現力を多くしないと、なかなか人には認められないと思っているので、仕事中は小さくしているのですが、仕事が終わると、先生方との交流を大いに楽しみました。研修だけで新潟に行くのはつまらないと思って、ベンツの450SELの5、6年落ちたのを400万円くらいで買って、信楽園病院に赴任しました。仕事が終わったあと医師、看護師など10人くらい乗り大騒ぎしていました。

　信楽園病院は、私が今まで経験した病院とはまるっきり違っておりました。朝、先生方は透析患者さんの穿刺をし、回診をして、一段落したら図書室で有名な医学雑誌「Lancet」とか、「New England journal of medicine」を毎日のように読んで勉強しておりました。

　私もどうやら、ある抄読会で1〜2回発表した事がありました。院長に腎臓を診るのに必要な泌尿器科も作って下さいと分不相応なお願いもしておりました。

　昼休みにはテニスをしたり、夏休みは海岸が近かったので、

1週間くらいは勤務中に水着になって、スイカ割りをするような、極めて面白い病院でした。

　昔はアルミゲルという血液のリンを下げる薬があったのですが、アルミゲルしか知らない、なんていい加減な話と、男性の尿閉の時にカテーテルにゼリーをいっぱい付けて陰茎をぐっと引っ張り、最後までカテーテルを入れて尿が出てくることを確認してから生食を 10ml ぐらい挿入しましょうと、面白い馬鹿な話をしていました。尿閉になることも少ない透析患者さんも診る病院で、そんな話をしていました。

　信楽園病院では鈴木正司先生、酒井信治先生、高橋幸雄先生、関根理先生、平沢先生などにものすごく厄介になりました。病院にいたのは 1 年弱ですが、透析室 50 周年パーティーでは、どこかの教授の横の席に座らせられました。

村上クリニック　初代院長

　そして半年ほどして、村上クリニックの初代院長として新潟県村上市に赴任したのです。熱海の病院の理事長の奥様の出身地が新潟県の村上市にありました。（村上は北にあるにもかかわらず「下越」と言います。昔は京都の方が上にあるという事で、糸魚川の方が「上越」になります。）そこに作った村上クリニックという透析のできる診療所に、医師がいなくてまだスタートしていないので、行ってくれないか、と言われました。医師になってまだ6年目くらいでした。10月の末頃、粟島を左手に見ながら国道345号線を車で走り、なんでこんな遠い所へ来るようになったか……と思ったものです。

　当時はまだ「クリニック」という言葉が普及しておらず、「クリーニング屋さん」と間違えて来た人もあり、一番初めの患者さんは、酒の飲みすぎで痛風発作になったお坊さんでした。そのお坊さんとはまだお付き合いがあります。時々信楽園病院の田尻先生にもお手伝いに来て頂きました。

　2年くらい前に村上に行くと35年前の村上クリニックの当時のスタッフ、総勢9名全員が、料理屋「千渡里」に集まってくれました！（ただ、その後3名ご婦人が亡くなられました。信楽園病院の透析の看護師として研修に来ていた、10年以上もはぁとふるに毎年赤かぶの漬物を送り続けてくれた可愛いい習子さんも昨年亡くなってしまいました。）

　その当時事務をやっていた小坂さんは、その後高校教師にな

り、定年後は、はぁとふるの顧問となり、月に1〜2回村上から来て、私の貧弱な頭を支えてくれていました。

この頃私は、政治活動もやり「たった一人になっても稲葉修さんを励ます会」なんていう変なビラを作り、警察署まで行って「こういうビラを配っていいですか？」と聞いてきて、村上駅や朝日村の役場に早朝一人で行ったり、街頭でビラを配ったり、政治的主張をしていました。

当時は田中角栄さんの全盛期でした。田中さんの息のかかった候補と中央大学教授だった稲葉修さんが選挙をするというのです。

急にTBSテレビが私にインタビューさせてほしいと村上クリニックに取材に来て、放映されたことがありました。録画後、私は話すことに自信がないからと断ったのですが、どうも全国放映されたようです。

ただ、今から考えると、田中角栄さんの方が偉大な人だったのかもしれません。親の力もなく、自分で貧乏から這い上がったのですから……。

昔は、民主主義は良い制度だと思った事もあったのですが、多くの議員は前に進まない政治をしています。国会議員は大幅に少なくして10〜20人くらいでいい。このままでは日本は沈没してしまう!!　もっとみんな働いて、税金をいっぱい払わないと。

村上クリニックは、狭い診療所で、2階が透析室で、1階が診察室で、いろいろな患者さんが来ました。肺炎とか陳旧性肺結核とか、胸部レントゲン写真を撮っても、まったく分からな

いのです。学生の頃、放射線科の実習でスケッチをして、1枚、2枚くらいの写真を見ただけの私ですから、レントゲンをいっぱい撮るともう訳がわかりません。聖隷浜松病院の先生に相手の都合も考えずに電話して聞いていました。

　糖尿病の薬を飲んでいるわけでもないのに、なぜか血糖値が低い患者さん。相手の先生の都合を考えると、診療時間か、休み時間か、いま電話をかけてもいいものか、などと思いながら聖隷浜松病院の北原先生に電話をすると、「大ちゃん、それは腎臓の手術とかをして副腎がない可能性があります。副腎不全もあるんじゃないか」なんて言われて調べたら、その通りでした。医学的には無力でした。

　ただ、今仕事を手伝ってくれている小坂さんが言うには、「おちんちんが小さい」、という患者さんが来た時、「そんなことない、あんたは普通の大きさ」と言って、自分でパンツを脱いで患者さんを安心させていた、と言われ、「えっ、私はそんなバカなことやったのか！」と自分では全く忘れていました。**医師は患者さんを気持ちを満足させ、安心させる事が最大の役目だ**と思います。

　そして、どうも小坂さんの話では、褐色細胞腫という二次性高血圧を見つけて信楽園病院に紹介したのではないですか、と言われて、「えー、そんなバカな私がそんな病気をみつけた」なんて思っております。

　また「透析患者さんの足背動脈で内シャントを作ろう」なんて言って、バカだねぇ、そんな大切な足背動脈の所に内シャントを作ろうなんて、今から考えると。当時はそんな事もしてお

りました。

　新しい診療所は、市の消防署から目を付けられるのです。休日でも、夜でも消防署から電話があるのです。悪く言えば、どうせ初めて開業されたところは、患者さんが少ないだろう、良く言えば、患者さんを回してあげよう、なんて言うようなことだと思うのですが、私の所によくそういう電話がかかってきました。

　だいたい日曜日以外はずっと透析です。夜間透析もやっていましたので、月、水、金は夜11時半くらいまで仕事、半分ぐらいは近くの千渡里で呑んでいました（貧乏なので半分か三分の一行ったかな）。火、木、土は一交代でだいたい5時くらいで終わりました。

　その日は村上のお祭りでほとんどの病院は休みでしたが、当院は透析をやっていましたから、診療所を開いていました。すると消防署から電話です。「餅が喉に詰まったらしいので来てほしい！」　訳もわからず行きました。マッキントッシュの咽頭鏡と、曲がって摘める麦粒鉗子（あるのかなぁ、今どき）を持ち、ヤブ医者の私でも摘めて餅は取れました。それから呼吸バックを押し続け、近くの大病院に頼んで入院させて頂きました (新潟大出身の聖隷の白石先生から、頼むよ、と電話がいっていたとのこと)。

　またある日曜日の朝、のんびりどこかへ遊びに行こうか、と思っていると、電話が鳴りました。村上は山の奥で、電気を高い鉄塔で山から順々に運んできて、山形の方に電力を送る高圧線があるのです。その鉄塔の所で首つり自殺を図った人がいて、

救急車に乗って検死に行くのです。

　一生懸命患者さんを増やそう、増やそうと思って頑張りました。で、警察官が「検死をして下さい」、要するに死体解剖、解剖まではいかなくても、その人を裸にし、どこか出血があるとか、腰椎穿刺もし、髄液がどうとかこうとか死亡診断書を書いたわけですが、私もそういう計算などなにも分からなくて、もらったお金は死亡診断書料800円だったと思います。口コミ、口コミ、なんて言って、一生懸命仕事をしておりました（でも死人に口なしです）。

　この頃も村上の医師会の副会長達と麻雀していた思い出があります。予防接種に行くと一本の注射器に5人〜10人分入っているので、「これはウイルス性肝炎などの感染があるのでまずいのではないか」と会長に言ったような事を覚えています(現在はそのような事がないように注射器は使い捨てです)。

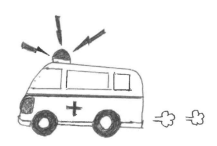

聖隷浜松病院（内科）

　村上に行った事が経験になり、私はもう一度医学を初めから勉強しなければいけないと思い、聖隷浜松病院の内科に入れてもらいました。

　給料は今までの三分の一くらいに下がるのですが、将来どうしたいかという事を考えると、80歳、90歳まで生きるのかはわかりませんが、やはり「故郷に帰って看護師さんを2人くらい使って内科を中心とした自分の診療所を開きたい」という夢がありました。

　聖隷浜松病院の内科は、その当時は神経内科と循環器内科は別にあり、それ以外はすべて一般内科です。ですから、消化器、呼吸器、血液、糖尿病、内分泌は全部私たち一般内科が診察することになっていました。

　大学を卒業して6、7年目くらいのことです、とにかく胸部レントゲン写真を各科それぞれの担当医が見ます。その当時は放射線科で胸部レントゲン写真を診断することもなく、私は入院患者さんの多い眼科の胸部レントゲン写真を中心に見ていました。ただし、難しく良く分からないのは上司に教えてもらう訳です。CTはそれほど普及していなくて、MRIもそのころ出来たばかりでした。超音波（エコー）をやっていたような記憶があります。その当時は、胃カメラ、大腸造影（大腸ファイバースコープはなかった）、などでしたが、入ったばかりだし、自分が開業するための勉強だと思ったので、何でもやってみた

かったのです。

　　三種の神器、
　　1、胸部レントゲン写真
　　2、胃カメラ
　　3、腹部超音波

と考えて一生懸命にやりました。胸部レントゲン写真の見方は、塙先生（塙先生のおじさんは私の父が二等兵で入った岐阜連隊の連隊長との事。びっくり！）に教えて頂きました。もうお付き合いを始めて30年は過ぎていますが、いまだにまだ分からない胸部レントゲン写真は塙先生に送って教えて頂いております。先日も「この影は？」と聞くと、「いや、肥田君、この患者さんは猫背だろうからそういう影が出てもしょうがないのではないか」と。ズバリその通りでした。いまだにまだ何年経っても（70歳になっても）ネーベン（研修医）はネーベンです。塙先生はびまん性肺疾患や間質性肺炎の研究が好きでした。喘息なども診ていました。

　私は、朝6時30分には病院に行き、胸部のレントゲンの写真を見ます。その後、小林先生、北原先生に従い病棟にゆくのです。

　まず、自分の受け持った患者さんに挨拶する。昼休みにもう1回行って、夜にも行き、朝、昼、晩3回挨拶に行く訳です。

　現在は自分のクリニックでは入院患者さんが5人前後いるのですが、自分より患者さんの方が元気そうで、広い廊下を歩

くと転びそうになるのが心配で、行く回数を減らしています。

　当時は自分から指示を出すよりも、上司の先生が、ああしたら、こうしたら、と指示するわけです。ですから、患者さんから「肥田先生のお陰で助かりました」なんて言われても、「とんでもない、上の先生が教えてくれているだけです」と患者さんに言うことが多かったです。

　若い医師は患者さんのデータの伝票貼りをしたり、（今では助手さんがやっているような仕事です）入院患者さんの点滴もしました。点滴がうまくいかないと、若い看護師に「他の先生を呼んで来るから代わりなさい！」と言われたり、国立大学で講師までやった中年の医師は、「こんな処方はありません」と、10 年以上のベテランの看護師に言われたり、おもしろい、変な病院でした。看護師の方が強いのです！（良いことです!!）

　我々の一般内科では、小林先生は血液の病気も診ていました。悪性リンパ腫、多発性骨髄腫、MDS（骨髄異形成症候群）などの方がよくおられました。消化器（胃カメラ）は後の新潟大学学長となる A 先生に教えてもらったそうです。

　北原先生は、感染症を中心に診ていましたが、妊娠反応が陽性の男性患者の睾丸腫瘍を見つけました。ツツガムシ病も見つけました。（その後、当院でも 2 例ありました。抗体は Karp 型）

　喘息の患者さんが多くて困ったこともありました。ある若い女性が喘息の薬を 3、4 日切らしてひどくなり、入院しました。挿管して全身麻酔（GOF）などをかければ助けられるとの文献もありましたが、結局は出来ず、お亡くなりになりました。病院の慣例として亡くなった患者さんの親族に「剖検（死因を調

べるための死体解剖）をお願いできますか？」と父親に形式的
に聞いてみたところ、少し口からアルコール臭があったのです
が「お願いします」との返事でした。私は予想外の返事にびっ
くり！「えー！困った！困った！」病院は剖検する病理の医師
はいなく、主治医がする習慣になっていました。若い女性に向
かい合い私一人で剖検室では困るので、同じ内科の若い女性の
研修医にすぐ来てもらい、塙先生に教えてもらったように一人
で肺のみ剖検しました。

　悪性リンパ腫は CHOP 療法で一時的な効果はあるのですが、
腫瘍が小さくなると、白血球も減ってくる。休薬するとまた大
きくなる。上がるのを待つとまたリンパ腺が大きくなる。対策
なしでした。一時は 3 〜 4 人の患者さんを一度に受け持ってい
ましたが、ほとんどの方が亡くなられました（最近はもっとい
い方法があるようです）。

　亡くなられた患者さんの奥様に失礼を顧みず「どんな御主人
でした？」と聞くと、「それはとても素敵な主人でしたよ。ま
た同じ運命で、また一緒に過ごしたいです」と私の前で微笑ん
で去って行きました!!

　見つけても比較的治りが悪い肺癌などもあります。今は化学
療法が発達したから違うのでしょうが。

　若い 20 代のサーフィンをやっている若者が病院へ来ても癌
はどうせ治らないので、病院へ来ないでサーフィンをやった
ら！　と思いました。昔はそんな時代でした。

　医学はずいぶんと進歩しました。昔は透析もなく、腎臓が悪
くなれば生きられない。今では 40 年以上血液透析をやってい

る人もいます。新潟の信楽園病院の（故）平沢由平先生のところには、日本で最長の透析患者さんもいました（当院でも最近45年透析という方もあります）。

　自分がひだ内科・泌尿器科を開業している時、平沢先生のMクリニックのお手伝いに1週間くらい行った時、先生の健康がちょっと心配だったので、私ごときが聖隷浜松病院の前猪俣副院長をご紹介した事があります。
　　仕事は、small
　　仕事外は、big
　　（今は仕事だけ、あとはなし）
　ある日の医局会で、病院長が「今までドクターの定年はないと言って先生方に来て頂いていたが、今日から60歳を定年とする。私は理事であるから別である！　2年×3回、66歳までは（誰が？）勤務できるが、それは私が決める」と言ったのだ。「この○○野郎〜！」と私は言いたかったが、末席のドクターなので言えない！病院の総長（こんな役職あるか）までやり、日本病院学会の会長までやった人！自分も66歳で辞めろ!!
　自分は特別!!　は、ダメ。いくらボス役でも創設者でも!!皆同じだ!!
　聖隷浜松病院でこういう経験をしたことがあります。昔は心療内科なんていうところはなかったのです。
　精神科も心療内科も総合病院にはないような時代でした。
　糖尿病で入院中の患者さんで65か70歳くらいの方でしたが、東京の大学から来ていた糖尿病専門のM先生の患者さんでし

た。便秘で薬を何種類も何倍も投与しても全然効きません。私はその時に本を読んでいたら、うつ病で気分が落ち込んで便秘になる、というようなことが書いてあったのです。その本にはトフラニールかアナフラニール（抗うつ剤）を75mg飲ませましょう、と書いてありました。75mgなんてそんな量をいっぺんに使ったら、口が渇いて目がチカチカしてとても大変だと思うのですが、幸いにしてその本には、2、3日して副作用が出てくる、副作用が出てきたらしめた、という具合に思いなさい。きっとそうすれば薬が効いてくるはずだ、と患者さんに説明しなさいとありまして、その通りに使いました。するとその患者さんは便秘が治ってしまって、治ったら少しずつ減らすように本に書いてありました。

　「うつ」というのは色々とあると思います。私は最近、食べられない、痩せてきた、寝られない、なんていうのは、自分で表を作って「うつ」を疑うようにしております。

　便秘というと、パーキンソン病も絶対便秘があるなんて言っている女性の神経内科の医師もいました。たかが便秘、されど便秘、と言うようなところだと思います。

　また、その反対に私がうつ病という診断を付けて外来で診ていた患者さんが、呼吸器病棟に入院しておりました。どうもその人は、うつ病があるかないかは別にして、肺癌が左の中気管支ぐらいにあったという事で、上司の塙先生がそれを見つけて、入院させて頂きました。その患者さんにニヤッと笑って「ありがとう」と言われた時に、私は「あぁ、こんな藪医者でも感謝してくれているのか」と思い、すいません、すいませんと涙ぐ

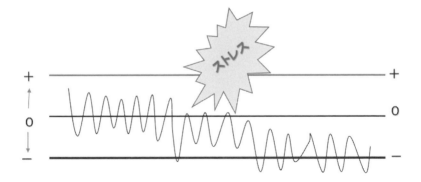

表　stressor（社会適応スケール）

順位	生活事件　（life events）	順位	生活事件　（life events）
1	配偶者の死亡	16	子供が家を去ってゆく
2	離婚	17	婚姻でのトラブル
3	別居	18	妻が仕事を始める、あるいは中止
4	自分の病気あるいは傷害	19	学校が始まる
5	結婚	20	生活状況の変化
6	解雇される	21	上司とのトラブル
7	家族の一員が健康を害する	22	仕事の状況が変わる
8	妊娠	23	学校が変わる
9	性的困難	24	レクレエーションの変化
10	新しい家族のメンバーが増える	25	社会活動の変化
11	経済状態の変化	26	睡眠習慣の変化
12	親友の死亡	27	家族が団らんする回数の変化
13	異なった仕事への配置換え	28	休暇
14	1万ドル以上の抵当か借金	29	クリスマス
15	仕事上の責任変化	30	ちょっとした違反行為

んでおりました。

　その頃が一番良い仕事をしていたような気がします。

　私も色々な医学書を読んだ時に、急性肝炎などになったりすると、胆のうのあたりが少し変化してくるようだ、なんて言う、今はもうそこのあたりも詳しくわからなくなってしまいましたが、昔はエコーをやるとリンパ腺が腫れているのが分かる、というような時はLDHを調べると少し高い。これは悪性リンパ

腫として治療しようという時代でした。

　CTもそんなに使われておりませんから、間質性肺炎、要するに肺線維症などで開胸肺生検など塙先生はよくそのような仕事をしていました。

　塙先生は宮崎医大の先生に手紙を書いて質問をしました。同じところの勉強をしている人には手紙を書いて教えてもらおう、何も面識がないにもかかわらず、学問に対する興味で手紙を書いて教えてもらおうと言うようなことをしていました。要するに、分からなければ、わかる人に聞きなさい、

　「知らないのは恥ではない、知ろうとしないのが恥だ」
と私は思っています。

　聖隷浜松病院で須田先生と仕事をしていたのですが、残念で悲しいことに、3年くらいで亡くなられてしまいました。須田先生は、千葉大の医学部を卒業し、心臓外科の医師として聖隷浜松病院に来ました。どうも内科の方が面白いというので心臓血管外科から内科に移ったようです。私より1、2年先に内科に入ったようです。彼はとても勉強家で、エコー（超音波）をしたりして、B型肝炎、non-A non-B肝炎（今はC型肝炎が主）、肝臓癌などの病気を一生懸命診ていました。エックス線を浴びて一生懸命仕事をしていました。ですから、もしかしたら、仕事でエックス線を多く浴びたのが原因で亡くなってしまったのではないかと思う事があります。須田先生は、私より2つか3つくらい年齢的には下ですが、医学の世界は年齢、経歴、上下は関係ないと思っています。

　（絶対にない‼）医学以外もそうだ！

私が胃の内視鏡をやっていて、一つの病巣を見つけて嬉んでいると、「肥田先生、そうじゃないよ、まだ他にあると考えた方がいいよ。先生はなにせのんびりしているからもう少し厳しく」と言われました。須田先生は、挨拶などはそんなに出来る方ではありませんが、患者さんを治す診療というのにはものすごく厳しくて、よく病気を見つけておりました。

　私は内視鏡をするたびに、いつも須田先生を思い出します。

　また、産婦人科の若い 30 前後の医師が、自分自身が癌で抗がん剤の治療を受けて、毛が抜けても手術用の帽子を被って一生懸命仕事をしていました（この人はすごい奴だな、自分は癌でも一生懸命働いている）。

　人間は年齢には関係なく、偉い人が沢山いるのだと驚きました。

　聖隷浜松病院で感じたことは、偉い医者は偉ぶらない、"謙虚"、何でもものすごく謙虚です。

　医者は良い仕事だ。聖隷浜松病院の先生方には、私を精神的に大きくしてくれたことに深く深く感謝しております。

　事務長（今の理事長）から「内科医長にする」と言われた時がありました。泌尿器科 5 年目くらい（透析医 3 〜 4 年）、それから内科に入って 2 年目くらい、年齢だけ上でも後輩の内科医 5、6 年目の方が内科医としては優れているので「みっともない」と辞退しました。

　事務長から、「ただ給料を上げたいだけ」と言われましたが、しかし外科部長の U 先生と浜松市北部水窪の診療所に行く時は、相手に「内科医長の肥田です」と紹介してくれました。

内科では 3 年 10 ヶ月しか学びませんでした。

　その頃は故郷で開業する夢に突き進んで、事務員の女の子に、「私の退職金はいくらぐらいですか？」と変な質問をした事を覚えています。100 万円あったかどうか……？

ひだ内科・泌尿器科　開業、吉沢医師　小児科

　「患者さんは先生」。先生に向かっては、いつもこちらから挨拶して、一生懸命頑張りましょう。

　昭和63年1月16日、ひだ内科・泌尿器科が開業しました。自己資金も、その当時300万円くらいしか持っていませんでした。その内100万円は聖隷浜松病院の退職金でした。弟が歯医者を開業している前の土地で、診療所兼自宅にし、1億円近くかかりました。融資してくれるはずだった某銀行からお金を貸してもらえず、最後は父、一郎が食堂をやっていた時に昼めしの出前などしていた時の付き合いのある中伊豆町の八幡農協から、つなぎ融資をお願いして、その後信用金庫から借りられることになりましたが、とにかく大変でした。その後1年位してから、医療法人を作る時に800万円の預金を持っている事が必要条件だったのですが、もちろんそんな大金はなく、300万円くらいのお金をA・B・Cと順繰りに上手に記帳し、800万円位の預金があるように見せかけ、やっと医療法人弘潤会、ひだ内科泌尿器科が誕生できたのです。

　開業する当時は、まだ保健所から許可がおりてないときに、開院する2日くらい前から消防署から救急患者を診てくれるか、というような電話が昼夜問わず来たのです。まだ医療器具も完全に揃っていないから、できないと断りました。とにかく、新しく開業した診療所は、患者さんが少ないだろうから誰でも受けてくれるだろうと、消防署から狙われました。私はそれに

合わせて一生懸命働きました。近くの診療所には必ず「開業しますので宜しくお願いしますと」と挨拶に行きました。

（最近は、私の診療所の近くで開業した当院にいたドクター4人中3人は、看護師、事務員を引っこ抜いて開業するような時代です。）

ところが看護師さんがいない。某産婦人科の先生が脳卒中で倒れ、その時に千代ちゃんと和子さんをゲットしました。看護師の募集の広告を出していたら「私は注射もうまくて何でも出来ます」と言うご婦人が来て、それは良かったと「看護師の免許証を持ってきて下さい」と言うと「それはありません」と言うような変な時代でした。

とにかく暇で……親族は多いけれど毎日来てもらう訳にはいかない、余りに患者さんが少ないので税理士さんからは、スタッフが4人（看護師2人、事務員2人）で多いからやって行けないので減らせ！　なんて言われてしまいました。しかし私はこれからやっと勝負するのだからと、反論し頑張りました。患者さんの数は、初日は16人、最低で半日で4人、平均が10人くらいなんて日もあり、ノートに毎日つけていました。

当時は、事務員、看護師もどんな仕事でもするので大変だったと思います。医師も同じ。

1、レセプト（請求書）も手書きで大変
2、院内処方（薬も100種類ぐらい自分たちで袋にいれる）
3、往診にも行く
4、内視鏡の生検の手伝い

5、レントゲン写真を現像液に漬けたり、定着液に漬けたり全ての職員がしていました。

開院当時からいる第一号スタッフの清美さんの話
「開院当初は8：30から19：00（透析を始めて2年位は土曜日も17：00まで）ただし、午後は15：00から、昼休みは余りに暇だったので、玄関もブラインドも閉めてスタッフ皆で伊豆高原辺りまでランチに行きました。17：00以降は看護師が帰ってしまうので先生と事務員1名、先生は診察はもちろん、処置や採血、何でもしました。事務員も診察や処置の介助、薬の準備など色々しました。

とにかく暇でこのままで大丈夫かと……。しかし何故か潰れるとは思いませんでした（ドクターの人柄か？）。でも私達お給料はどこから出るのかと心配（不安）はありました」

開業する時に、"ひだ内科・泌尿器科"と言う名前を付けたのですが、内科と泌尿器科をやり、一般的にこんな名前を書くと、泌尿器科出身の医師が内科も診ると言うイメージがあります。聖隷浜松病院の小児科の部長をやっていた吉澤先生（よっちゃんは、麻雀が弱かった。私の餌食だった）から「大ちゃん、泌尿器科なんて名前はよせ。内科・小児科にしたらどうだ」と言うような提案を受けました。私は聖隷浜松病院でも小児を診た事がなくて、小児科の医師は、子供は体重あたり何グラムとして薬を出すのですが、ものすごく大変そうなので、「出来るのかなぁ」と思って、吉澤先生にそう言われたのですが、小児

科とは名乗りませんでしたが、実際には子供も診察によく来るのです。開業して子供も来ていいとなると、子供と一緒に親も付いてきます。大人の小さいのが子供と言うように考えては駄目だと思いました。

　吉澤先生が小児の専門医でありながら、小児を何も診たことのない私に小児科をやれなんて、「すごい人だなぁ」と思いました。吉澤先生のその言葉が励みになり、今では小児も診ています。その後色々難しい患者さんをみつけて送っていた国立熱海病院の小児科の先生に、「伊東では小児科はひだ内科・泌尿器科が一番だ。」なんて言われたこともありました。

　昔の小児科と言うのは初歩的と言うのはおかしいですが、ただ聴診器を胸にあてて、お腹をポンポンと叩いただけの時代のようでした。色々と本を読んで今から思うと、抗生物質も必要ないような患者さんにセフェム系の抗生物質を処方し、調べたら違う種類の薬の方が効果あると書いてあったので、私が患者さんの自宅まで薬を持って換えてきたりと、極めてオバカさんのような医療をしていました（最近は風邪くらいでは抗生物質を使ってはいけない時代になりました）。当時は暇だったので何でも診ました。

　熱もないのに肺炎の子供や、転校して来た小学生が体調がどうもすぐれないとの訴えだったので、これが小児の気分の落ち込みOD（起立性調節障害）だと思ったら、超音波をしたら肝臓の下に神経芽細胞腫があったり。

　右のS8にいつも肺炎を起こす。気管支異物、シャープペンのキャップを飲み込んだ少女は熱海の国立病院では大丈夫と。

神奈川県立小児病院で2回目の気管支鏡で摘出術成功、物凄い技術（私も気管支鏡の助手に付いた事があるが……とても物凄い）。

総胆管嚢腫もエコーでみつけました（親戚の子供でした）。

朝早く電話が鳴り子供の往診に行くと風疹だったりと、色々ありました。

開業したのですが、職員の給料とか土地、建物の借金の返済という事を考えると、ずっと働き続けなければいけないという状態でした。流行らなくなった時は、

① 診療時間を長くする。

② 救急当番も土曜日の0時から6時まで早朝、一人でする。

③ 聖隷沼津病院にバイトにも行く。

実際にこれらの事は全てやりました。

開業してから外来に診察に来た男性の60歳ぐらいのある患者さんの話ですが、どうもこの患者さんの扁桃腺炎は経過が長すぎるから、もしかしたら悪性リンパ腫もあるのではないかと、採血してLDHを調べようかと思いましたが、患者さんのお金もかかるしこのまま行こうかと思っていた矢先、県医師会の用事（介護保険をどうするかと言う理事を担当していました）で静岡に行った時、静岡駅でその患者さんとバッタリ会いました。「先生、あれは悪性リンパ腫でした」とやっぱりそうだったのか、バカだなぁ、あの時検査しておけば良かった。申し訳ない、申し訳ない、30数年経った今でも申し訳ないと思っております。

エコーにしても「患者さんが先生」と言うのもおかしいですが、教えて頂く事が圧倒的に多いと思います。患者さんは先生

です。医師が威張ってばかりいると、絶対しっぺ返しがあると思います。また熱海の保険所に結核審査会があり、伊東市の医師会から国立伊東温泉病院の先生と月に1回午後に行っておりました。聖隷浜松病院で呼吸器科をやっていたので、これは肺結核を勉強するのに良い機会だと思いました。

ひとり夜間救急

　土曜日の早朝、0時から7時まで自分の診療所で救急をやり、8時から通常の診察です。昔は大きな病院では深夜救急は積極的にやっていませんでしたので大変でした。

　深夜、脈が速いと20歳過ぎ位の若いご婦人をパトカーが連れてきました。

　彼氏と車で伊豆に旅行に来て、彼氏に道端に捨てられ、激しい雨の中を歩いていたと、パトカーに連れて来られました。私は、「これは医療的な問題ではなく、警察で保護するべき問題ではないか」と言いましたら、警察には夜婦人警官がいないとの事で、仕方なく先ず自宅兼診療所の温泉の風呂に入れてあげたら、おまけに生理だという事で、困ってその辺のティッシュと私のパンツを貸してあげたような覚えがあります。どこの誰だかわからない、入浴料は初診料に入ってない。パンツを貸してもその料金もなし、保険証もなし、どこの誰かもわからない、医者の仕事というのは、全然、格好いいものではありません。すごく大変です。（警察に貸しがあるかなぁ〜?!　なにかあったらひとつぐらい許してよ?!）

　「子供が産まれたんだよ」私は明らかに取り乱していました。深夜救急の土曜日早朝、腹が痛いと言ってきた40歳過ぎのご婦人を救急車が連れてきました。診察すると、下腹部が見事に

盛り上がり、超音波を当てると胎児が見える、その内「痛い、痛い」のさけび声と共に頭が出て、足が出て、コロンとベッドの下に臍帯が首に巻き付いたままの死産児が出てきました。この人はコレステロールが高いと、薬を医師に毎月投薬されていたようです。必ず半年に一度くらいは超音波でお腹の中を見た方がいいと思いました。医師会長で産婦人科医の安達医師に恐れ多くも電話したら、異常分娩としなさいと教えられました。

　救急隊から電話があり、伊東の港で男の人が沈んでいる、どうもダイバーか、というので、外来診察をしていた私は、のんびり死亡診断書でも書けばいいのかな、なんて軽い気持ちで引き受けました。駐車場に急いで来た救急車の中の患者さんの状態を見に行ったら、少し呼吸しているようだったので、その場で急いで気管内挿管をして、すぐに国立伊東温泉病院に運んでもらいました。国立でも手に負えず、また順天堂大学伊豆長岡病院に運んだようです。
　どこの誰だか全然わからない、保険証も何も全然分かりません、そういうのが結構ありました。

深夜ですから初めの半年くらいは准看護学校に行っている若い男の職員が私の自宅に下宿していたので、一緒に働いていました。ところが、酔っ払いの患者が来て、私が「こんなのは病気じゃない、俺は診ないぞ！　早く家へ帰れ！」なんて言って大喧嘩をするので、それがもとで、その准看護学校の学生は夜間の救急には来なくなりました。

　このG君が風疹になった時、下痢がポタポタ床に落ちるのです。子供でない成人が風疹になると症状が大変だなと勉強になりました。彼はその後正看護師になったと聞いております。意外と今は静かにしていますが、昔は結構患者さんと喧嘩をしていました。すると准看護師の千代ちゃんに胸倉を捕まれて「ダメ〜!!」と怒られていました。興奮して受話器を壁にぶつけて壊した事もありました。若い時は仕事をするのは大変でした。人間は年を取ると成長するのかな。

　（千代ちゃんは今74歳で、元気で透析室で働いています。少し耳が遠いと、私もそうだよ！　千代ちゃんが辞める時の齢が私の定年退職日としよう。）

　とにかく、生きていくために一生懸命でした。だから千代ちゃんを皆大切にして！

　ドクターの仕事というのは、今テレビで○○救命医、なんてやっていて、若くて格好良い俳優が出演しているようですが、実際の仕事というのはまったく格好良くないです。
ドクターの仕事の何が恰好悪いかというと、例えば初めての患者さんを救急車が運んで来るのですが、ところが、治療が終わっ

て帰そうと思うと、昔は深夜にタクシー会社はやっていません
でしたので、患者さんに「朝まで外来で待ちます」と言われて
も私も一緒にいなければならないので、深夜に仕方なく患者さ
んを自分の車に乗せて、伊豆高原の別荘地のよく分からない
ような道を上がったり下がったりしながら送って行きました。
送って行く途中で、患者さんの具合が悪くなってまた怒られた
りしたこともあります。最後にお駄賃といってまんじゅうをひ
とつかふたつもらったりして、「いやぁ、まんじゅうなんてい
らないのに、何もいらないのに」なんて言ったそんな思い出が
たくさんあります。

　ですから、医者の仕事というのも田舎では大変です。往診に
も行かなければならない。

　　①昔から当院にかかっている患者さんは絶対に行かない
　　　とダメ。仁義がない‼

　　②時々往診目当ての人だけは行かないよ。(開院当初のこ
　　　とは忘れたのか‼　大二郎‼)

　看取らなくてはならない。いろいろものすごく大変なものが
あります。ですから若い医師には、どんどん一人で田舎の診療
所に行って働いて頂きたいと思います。このままでは日本の医
療は沈没してしまいます。せっかく明治の人達が作った北海道
の道も鉄道もなくなってしまいます。

　一番困ったのは喘息患者さんです。聖隷浜松病院でも喘息の
患者さんを診ていて、ひどいのは気管内挿管などをすることも
ありました。ネオフィリンとサクシゾンの点滴を始めるのです

が、それも2時間以上かかるのです（今、ひどいのはボスミンを最初に使うのか）。深夜2時間以上もその人に付き添っている訳にもいかず、旦那さんと一緒にいたので私は自分の部屋のベッドで寝て、何かあったらこの内線電話を鳴らしてください、なんて患者さんに言ったのですが、ステロイドホルモンも2グラム位使って、ネオフィリンもいっぱい使ったので、どうしても頭痛が出てくるのです。まぁ、ステロイドもいっぱい使っているから、（アスピリン喘息なんていうのもあるけども）ロキソニンじゃ大丈夫か、なんて飲ませました。すると、すぐに喘息がひどくなって、「いやぁ困った、これはダメだ」気管内挿管して全身麻酔をすれば喘息が落ち着くことはわかっていたので、熱海の病院の外科の先生を知っていたので電話をして、「全身麻酔をかけるので深夜の手術室を貸して下さい」と言って救急車に同乗し、熱海まで運ぼうと思いました。ところが、宇佐美の国道135号線のところで呼吸が停止したので、道の真ん中で救急車を停めて気管内挿管をして、承諾も得ないまま国立伊東温泉病院に運んだといったような記憶があります。挿管した後は良くなりました。現在もご健在のようです。

　当時は気管支喘息がものすごく大変でした。うちの診療所ではないのですが、喘息が原因で小児が亡くなった事もありました。

　開院した当時、夜の患者さんの多くは気管支喘息の発作でした。その頃発売されたステロイドホルモンの吸入薬を使ってから、喘息の患者さんにものすごく効き、夜苦しくて受診する患者さんも少なくなり助かりました。良い薬でした。

ただ「小児に対する使用経験が少ないので使わないように」と書いてありましたが、死ぬよりは良いと思い私は積極的に使用して大勢の人から感謝された覚えがあります（近くのＫ学園の小児専門の先生に退職する時に自分の使っていた検査器具をプレゼントされた事があります）。

　喘息とアナフィラキシーショック、またあと一つひどいのがありました。

　当番医を代わってくださいと他院の台湾出身の医師から言われ、「私はお金を稼ぎたかったので、いつでもやるよ」と引き受け、夜間救急センターに行っている時に、急性喉頭蓋炎というのでしょうか、当時はそのようなものがあるとは知りませんでした。不勉強でした。何か食べた後、急に喉がおかしくなったと言って、41歳の患者さんが自分で車を運転して来ました。喉を診たら真っ赤で腫れていました。口蓋垂（喉ちんこ）も腫れて真っ赤でした。じゃあ、明日耳鼻科に行きなさいと言ったところ、自分の車まで戻ろうとしていたところを、「なんだか変だな、ちょっとボスミンとサクシゾンで治療しよう」と看護師に言って処置のベットに寝かせようと思ったら、患者さんが口から泡を吹いて、呼吸停止でした。一人で気管切開をしましたがちいさな小切開用の道具しかなく、それでも５分以上かかり、普段救急センターでそんなことをやることもないと思いますが、患者さんは亡くなられてしまいましたが、この事がきっかけで建築士の横山さんと知り合い、はぁとふる川奈と伊豆高原、2件の診療所を設計して頂きました。

ひだ内科営業部長　肥田一郎　往診

　正月に便秘で困っているお婆さんがいるので往診して来いと父に言われ、仕方なく一人で往診に行きました。正月に家族は別の部屋で、大騒ぎでごちそうを食べていました。私はおばあさんの症状を聞き、これはやはり便秘だと思い、ゴム製の手袋にキシロカインゼリーをつけて便をかき出し始めました。2、3回かき出すとおばあさんが「そこじゃない、そこじゃない」と叫びました。私は、あぁ、ちょっと上の別の所に指を入れたようで、「ごめん、ごめん洗っておいて」とあやまって帰って来ました。その当時の摘便料10点（100円）。その後おばあさんの便秘は良くなったようです。

　ほとんど一人の患者さんに2、3ヶ月毎日往診に言った事があります。
　お尻の褥瘡がひどいので、看護師さんと毎日褥瘡のイソジン消毒に行った人がいました。しかし今で言うと、イソジン消毒

はかえって傷の治りを遅くすると思います。今の医療としては不合格です。

　開院当時は何でも良く往診、往診と頑張ってあちこち行っておりました。往診が終わった時に運転手と看護師さんと昼は高級なステーキハウスへ白衣のままで入ったりもしました。以前は木曜日の午後が休みだったので、10人位職員を連れて行った覚えもあります。

　往診先の患者が亡くなり、外来開始時間のAM8:30に電話がくると、10人くらい外来患者さんが待っているにも拘わらず「すみません、待ってて下さい」と、1時間以上かかる場所（東伊豆町）まで、診療を一時休診にして行ったりもしました。患者さんはこんなに遠い所からやぶ医者に会いに来てくれたのかと思い涙が出ました。

　私は60歳以上の人が来ると「来なくていい、来なくていい、往診に行くから」と言い、よく往診に行っていました。4～5人くらいは往診していました。当時は60歳以上の老人の自己負担は最大で1か月で800円くらい払えばよい時代でした。どんな患者さんが来ても診る、具合が悪いと電話がかかって来たら往診に行く。

　昔は今のような介護保険制度と言うものがなくて、家族が、親・年寄の面倒を見て看取ると言う時代でした。最近のように救急車を呼んで大病院に行くと言う時代ではありませんでした。

　介護保険の事で、県医師会で意見を発表したことがありましたが、その後医師会にも行かなくなっています。

今は介護保険があり、訪問看護師さんが行く時代です。昔は何でも自宅で看取って、それを私が呼ばれ何処にでも往診に行っていました。

　そしてある時、30分以上もかかる遠い所へ急に往診に呼ばれて、患者さんがお亡くなりになられて、死亡診断書を書いたのですが、いつまでたっても何の挨拶もなく、どうしたのかと電話をしたら、

　「支払いがあるなら、請求書をもって来てくれ！」
と言われました。あぁ、そういうものか、人生は？

　またある患者さんのところに往診に行くと、奥さんが大変そうでした。よれよれの旦那さんが威張っていて、奥さんがものすごく献身的に働いて私には可哀想に思えました。私は思わず「旦那さんと別れなさい」と言ったら、本当に別れて奥さんは何処かに行ってしまいました。旦那さんはその後すぐにお亡くなりになりました。

　川奈ホテルの近くに住む台湾出身のプロゴルファーの方が、ご高齢で食事も摂れないので毎日往診に行き、点滴の得意な看護師のよしみさんにお願いしていましたが、点滴をする所がなくなると、皮下に点滴などをして、なんとかしばらくはもちこたえましたが、お亡くなりになりました。彼はマスターズのゴルフ大会の上位に入った有名な選手であったということです。

　血尿の患者さんが来ると、膀胱鏡ばかりやっていました。ある時、ふと膀胱もエコー（超音波）を利用してやればいいのではないかと思いました。聖隷浜松病院では肝臓、胆嚢、膵臓などだけでした。当時は（平成5年まで）市の基本健診で無料の

エコー（10 秒〜 20 秒で私の勉強の為）をしていました。5 年で 9 例の肝臓癌を見つけました。それから泌尿器科の腎臓癌、膀胱癌、尿管腫瘍あるいは副腎腫瘍が見つかりました。

　エコーはすごい！一人でも多くの患者さんに何とかエコーしたいと思っています。

　最近も副腎や肝臓などに癌があるなど、訴えもないのに見付かる事があります。ですから何とかして半年に 1 回くらいは患者さんにエコーをやってあげたいと思っています。

　アジア系の外国人だったと思いますが、外来に来て診察をしました。保険証は持っていなくて、いろいろ考えたあげく、日本の印象を悪くしたくないため、しかたなく日本の国民健康保険と同じ 3 割の金額をもらった覚えがあります。

　聖隷浜松病院の内科の T 先生（開業されていた大先輩）の真似をして、休日は他の病院に紹介し入院させてもらった患者さんのお見舞によく行っていました。

　一番遠かったのは、小田原の病院に入院させた患者さんの所に往復 8 時間もかけて行った事がありました。職員に聞いたら、往復 2 時間もすれば行けるだろうという事だったのですが、ちょうどその日は日曜日で、道がものすごく混んでいたので、行くだけで 4 時間もかかりました。

　私が浪人 3 年目に伊東市富戸の土方の親分の日吉虎平さんのところで厄介になり、2、3 週間位土方の小僧をやって予備校へ行く費用を稼がせていただいた事があります。

　虎平さん、「とらさん」が年をとってから老人の施設に入っているところへお見舞いに行ったところ、左下腹部がパンパン

で盛り上がっていました。診察室にある超音波の機械を車に乗せて持って行こうと、100メートルくらい行くと、車がゆらゆらして超音波の機械が壊れそうだったので、（昔は今の3倍の大きさでした）診療所まで戻り、虎平さんを診療所に連れて来てきてエコーで診てみると、どうも「尿閉」で膀胱の中におしっこがいっぱい溜まっていたようでした。（こんな簡単な事を泌尿器のドクターもわからないのか）昔はエコー（超音波）をやるなんて事はあまりしなかったので、虎平さんに「もっとまじめに医学の事をやらないとダメだよ！」と言われているような気がしました。

　虎平さんの長女が個人商店でしたのでうまくいかなくなり、今うちの診療所にアルバイトの仕事で来ていただいております。

　「昔厄介になった人には一生尽さないと」と思っております。

ひだ内科 開業してから 5 年間の症例
（ひとり診療）S63.1.16 ～ H5.1.16 まで

　当院　ひだ内科・泌尿器科は平成 5 年 1 月 16 日で開院後 5 年経過いたしました。

　これを機会に 5 年間の私にとっては貴重な症例を集めてみました。

　今流行りのコンピュータを使っての処理など、私にはとても覚束ないことで、大切な症例だと思われるものをノートに書いてありましたので、これを中心としてまとめました。

・当院で確診出来たもの　　　　　　○
・当院で疑診、紹介して確診　　　　△
・当院で分からず、紹介して確診　　▲
・全くの誤診　　　　　　　　　　　×

というように分けました。

[呼吸器疾患]

マイコプラズマ肺炎	many
肺結核	△△△△▲▲▲
B.O.O.P	▲
I.I.P	△
肺癌	△△

気管支拡張症	a few
過換気症候群	many
自然気胸	a few
気管支喘息	many

　　　　　　　　　1 例 attack ひどく入院すすめるも帰宅、
　　　　　　　　　翌日救急車、心肺停止にて運ばれ挿管　→ MobilCCU
　　　　　　　　　→順天堂大学長岡病院　循環器科へ（感謝 !!）

[循環器疾患]

A.S.O	△　私の聴診器で初めて…「II 音の分裂ありそうだ」
心筋梗塞	many　2 例は腹痛、無痛性もあり
解離性大動脈瘤	×　左第一弓の突出、あとからみれば Check　当然

　　　　　　　　　（このような病気に詳しくなかった。）

腹部大動脈瘤　　　　　1 例　自然破裂待つ、死亡
　　　　　　　　　1 例　ope　健在
　　　　　　　　　※年齢、合併症あっても積極的に ope を !!

腹部大動脈動脈硬化性閉塞
(renal artery　分岐直下で閉塞)　東京某大病院で ope できず聖隷浜松病院
で Axillo-bifemoral　extra-anatomical bypass grafting.（ロシア民族大学の長
野県出身のドクターに）

w.p.w synd　　　　　　▲
胸腺腫　　　　　　　　○　（左目が垂れると X-P、CT → ope してもらう）

[消化器疾患]　（聖隷浜松病院で胃内視鏡 2, 3 例しか経験なし、あとは
　　　　　　　　　毎週のフイルム検討会に参加しただけ）

食道癌　　　　　　　　○　advance. 胃癌例からするともっとあるはず
マロリーワイス症候群　○○

胃潰瘍　　　　　　　　　many
　　　　　　　×　　pain 強く、胃体上部　　A1 ulcer 見逃す
胃癌　　　○○○○○○○○○○　　内視鏡　延べ 1064 回
　　　　　○○○○○○○○○○　　生検　延べ　98 回
　　　　　○○○○　　　　　　　　早期胃癌多い
　　　　　　　　1 例はアニサキス症合併（33 歳女性）

消化管アニサキス症　　　10 例以上あり
　　　　　　　　　1 例　　食道アニサキス症　　　　実の妹
　　　　　　　　　1 例　　胃アニサキス症と胃癌　33 歳女性
（土曜日の深夜救急の時、刺身を食べた数時間後に胃が断続
的にキリキリと痛む。アニサキスが cancer を食べていた。
group v 極めて悪性の胃癌スキルスだった。）

（採取したアニサキスはあなたの神様と患者さんに贈った！）
まだその方はご健在の様です。深夜救急やって良かった。

十二指腸球部癌　　　△　　　幽門狭窄にて Biopsy － ope で判明
門脈圧亢進症　　　　△　　　透析 Pt Polycystic Kidng 合併症
肝外門脈閉鎖症　　　▲
肝臓癌　　　　　　　△　　　30mmTAE（2 回）　健在　（5 年間）
　　　　　　　　　　△　　　13mm エタノール注入
　　　　　　　　　　△　　　Ope　肝部分切除
　　　　　　　　　　△　　　Ope　肝部分切除
　　　　　　　　　　△　　　50mm　死亡　（TAE 後）
　　　　　　　　　　△　　　肝外発育型と思われる
　　　　　　　　　　△　　　112mm
　　　　　　　　　　△　　　某大学病院の教授（日本で 3 本の指に入る
　　　　　　　　　　　　　　と言う有名なドクター）に B 型肝炎でかかっ
　　　　　　　　　　　　　　ていた。当院スタッフの父で私が見つけ紹介

状を書いたが田舎の藪医者には返事が来ない
のは当たり前 TAE 後　死亡

転移性肝癌	△△△	
肝膿瘍	△	血管腫＋ HCC 陰影、発熱あり（多分こうだろうと、偶然ヒット！エコーはすごい！絶対やってほしい）
肝血管腫	many	
Adenomyomatosis	many	
胆のう癌		
	▲	胆石症、壁の肥厚あり
	△～▲	高齢者 Ca もあると考えていた　癌性腹膜炎→ Ope 初めから積極的に ope すればよかった
	▲	In-ope　カントリー線越して浸潤あり
	△	胆のうにボール状の充満せる tumor
膵癌	△	
腫瘤形成型膵炎	△▲	
腸閉塞	many だが	
	×	鼠径ヘルニア嵌頓を見逃し（その後もだまだある。男性の場合はパンツを脱がせ陰嚢部まで見ないとまずい。）
	▲	閉鎖孔ヘルニアもあり
小腸癌	▲	貧血腹痛あり、胃カメラ OB 注腸 OB 回盲部より数 cm 口側とのこと
急性胃腸炎	×	Pain ひどく腸管膜動脈閉鎖症かなどと考え救急車同乗で順天堂大学長岡病院へ!! 翌朝患者さん帰宅(穴があったら入りたい)

横隔膜下膿瘍　　　　　　▲

[代謝栄養疾患]

糖尿病　　　　　　　　　many
低血糖発作　　　　　　　×　　　　深夜一人救急、下顎呼吸で気管挿管後救
　　　　　　　　　　　　　　　　　急車同乗にて順天堂へ!!
　　　　　　　　　　　　　　　　　患者さんは私と同じころ順天堂より帰
　　　　　　　　　　　　　　　　　宅。ただし低血糖は意外と長く続くから
　　　　　　　　　　　　　　　　　注意が必要、昔はよく救急車に同乗して
　　　　　　　　　　　　　　　　　長岡の順天堂にゆきました。

[内分泌疾患]

甲状腺機能亢進症　　　　○○○○○○
甲状腺機能低下症　　　　○○○
甲状腺癌
　　　　　　　　　　　　▲
　　　　　　　　　　　　▲　23歳男性頸部リンパ節腫大
慢性甲状腺炎　　　　　　many
アジソン病　　　　　　　△　高校同級生「色黒くなり、疲れやすい」と
副腎腫瘍　　　　　　　　○　non-functional tumor　健診エコーで！
　　　　　　　　　　　　　（アルドステロン症　高血圧のひどい女性）

[血液造血器疾患]

真性赤血球増多症　　　　a few　　少し

白血病	△△▲	
骨髄腫	△△	1 例は入院を勧めたのが原因で suicide →反省
偽性血小板減少症異例	○○	2 例以上はありそう、ヘパリン加血で上昇
薬剤性血小板減少症	△	

レニベースで 3000 以下
歯間出血、皮下出血ひどい（血液学会で報告）

[腎、尿路疾患]

ネフローゼ　synd	○○○○	
腎不全	many	
のう胞腎	many	
腎癌	○○○○	2 例は偶然レントゲン技師のゆうこさんが見つける
腎盂腫瘍	▲	
膀胱癌	many	ほとんどエコーにて、1 例は過伸展で分からず、自分で顕微鏡でみて尿中異型細胞を見つけた
前立腺癌	a few	（昔は PSA を積極的に調べなかった。）
陰茎癌	△	

[神経系疾患]

脳出血	a few	
脳梗塞	a few	
脳腫瘍	▲	ボルタレンで頭痛止まらず

パーキンソン病　　　　　a few
末梢性顔面神経麻痺　　　△△
シェーグレン症候群　　　△△
ライ症候群　　　　　　　×　　　　　　尿閉で救急車

[アレルギー性疾患、膠原病、免疫病]

花粉症　　　　　　　　　many
アナフィラキシーショック　ハチ刺されによる呼吸停止、ボスミンを打ち、
　　　　　　　　　　　　　手を口の中に突っ込む（近くの胃腸科外科医
　　　　　　　　　　　　　に応援頼む→挿管→救命）
　　　　　　　　　　　　　感謝 !! 感謝 !!
　　　　　　　　　　　　　畑でハチに刺されたと電話が入ると准看護
　　　　　　　　　　　　　師のよしみさんがボスミンを持って畑に走
　　　　　　　　　　　　　る。

[感染症、性病、寄生虫病]

細菌性食中毒　　　　　　a few
細菌性髄膜炎　　　　　　△
伝染性単核球症　　　　　a few　　　いろいろ多彩な病変で難しい
つつがむし病　　　　　　○○　　　　2 例とも当院近くの畑で芋掘り後 Karp 型
　　　　　　　　　　　　　　　　　と判明、1 例は准看護師よしみさんが見つ
　　　　　　　　　　　　　　　　　ける。（困った時はミノマイシン）
日本住血吸虫症　　　　　×　　　　　胃 Ca で紹介者の Liver に亀の甲羅様の変
　　　　　　　　　　　　　　　　　化あり

広節裂頭条虫　　　　　　3 例　　　　浜松医大の寄生虫の教授（全く面識がな
　　　　　　　　　　　　　　　　　い）、きしめん様の寄生虫は何て言うので
　　　　　　　　　　　　　　　　　すかと電話で質問しました。

社会保険三島病院　柴田稔外科部長

　ひだ内科・泌尿器科が5年経った時の症例に肝臓癌が9例あったのですが、そのほとんどを社会保険三島病院の柴田稔外科部長の所へ送っておりました。柴田先生は、私の沼津東高校の3、4級上の先輩で、東北大学医学部に進まれた先生です。

　当時はまだ肝臓の部分切除はあまり行われていないような時代でしたが、柴田先生は東京都立病院に勤めていた同級生で、肝膵部分切除手術の上手な先生に来ていただいて手術をしてもらったようです。

　私が深夜救急で、アニサキス（2cmくらいの細い寄生虫、刺身の中に紛れ込んでいる。アジ、ニシン、サバ、キス、スルメイカ、他にキンメなどがある）がスキルス胃癌（なかなか発見、治癒が難しい）を食べているという患者さんに対して〈食べているときに断続的にキリキリ痛むのが特徴〉アニサキスを摘出する手術料はすごく高いのでその頃は、自費負担はなし、ついでに生検も無料、なんて事もやっていました。ただし保険請求だけ（支払い基金から苦情を言われるかもしれない）。

　その患者さんの症例を柴田先生に「胃全摘手術」を行なって頂き、今でも患者さんは元気のようです。

　それから私が網膜剥離になった時に、透析をやっていましたので、医師がいないと困るので、聖隷浜松病院の眼科にいらした海谷先生の所に1ヶ月くらい入院し、全身麻酔を2、3回受けて良くなったのですが、その時にも社会保険三島病院の柴田

先生の後輩 4、5 人くらいに順繰りに交代で来て頂いて、なんとか 1 ヶ月くらいの入院を持ちこたえることができました。その後も 2、3 人のドクターを当院に勧めてくれました。まだ N 先生、O 先生に非常勤で土曜日など時々来て頂いています。

　非常に恩義のある先生ですが、先生は温泉が好きで、1、2 時間温泉に入っているのですが、それが原因でお風呂の中で亡くなってしまいました。

　もうお亡くなりになられて 10 年位になりますが、ずっとお盆にお花を送っておりました。あまり長く送るのも迷惑になるかもしれないので、2、3 年位前からやめてしまいました。

「ひだ」から「はぁとふる」に！

　初めは医師ひとりでやっておりましたが、透析をやって欲しい患者さんが２人ほど何度も来て、腎臓の機能が悪い人に人工腎臓を使う透析をするようになりました。

　透析というのは原則的には日曜日しか休めません。正月もなく、日曜日以外働くのですから、ひとりでするのは無理なので、都立病院の医師が年収1800万くらいで雇ってほしいと来ていました。全ての患者さんを自分で診られなくなる欠点も出てきます。その反対もあるかな‼

　当院に来て働いて頂いている先生が「どこで働いていますか」と聞かれた時に「ひだ内科」ではあまりにも格好悪いし、また、スタッフの方が（大野看護師さん）患者さんの病状を私よりよく知っているのです。この際、「ひだ」なんてどっちでもいいので変えよう、ということになり、当時は30人くらいのスタッフがいたと思います。（今は80人くらい）名前とマークを考えようという事で、現在のハートが５つ付いたところに、ひらがなで「はぁとふる内科・泌尿器科」ということに決めました。

はぁとふるは、私が考え付いた名前で、ハートが5つというのは、透析部長の松久君が原案を作って、2人の看護師が現在のようなマークにしました（車の横につけるのもこの方が良く見えるので）。

（透析）

　最初に木造で作った膀胱鏡、胃カメラ用の内視鏡室に4台の透析機械を置き、4人を同時に透析できる透析室を作りました。はじめは3、4人の患者さんに透析をやっていましたが、だんだん患者さんが増えて増床しようと、駐車場の上の所に木造で2階部分が透析室という、8床くらい透析が出来る所を作りました。

　ところが木造だったので、透析の大きな機械が置いてある所を歩くと床がミシミシと揺れるのです。このままでは、大きな地震が来たら壊れてしまうと思い、平成9年に現在の川奈診療所を国道135号線の脇に新しく作りました。

　初めの頃は、透析患者さんを増やそうと必死でした。透析患者さんがガソリンスタンドの主人だと聞き、ガソリンスタンドも替えたりもしました。また、別の患者さんとは江の島に車で行ったり、富士五湖めぐりなどした事もありました。とにかく患者さんを増やそうと大変でした。

　ある人から「食事に行ったら（ひだ内科泌尿器科）と領収書に書いて宣伝した方がいいよ」とも言われました。

　伊東市内とか下田の方に行くと、ここにも往診に来たなと言うところが沢山あります。昔はあっちこっちに往診に行ってい

ました。40歳前後の話です。

(中伊豆中学校の後輩杉本医師)
　田舎の後輩で１年浪人して長崎大学医学部にも合格（自治医大にも合格した）。
　ひだ内科の頃、週１回くらいアルバイトに頼んでいました。私は好きなゴルフに行くために宇佐美峠を登り、坂道で彼の車に会うと「悪い悪い、私の楽しみの為にわざわざ来てもらって。」と思っていました。しかし彼は結局、肝臓が悪く亡くなってしまいました。

　「膀胱にカテーテルが入らない」と下田の病院の若い医師から電話があり、患者さんを当院によこすと言われましたが、私はゴルフの予定があるので、こちらから下田の病院に行ってカテーテルの入れ方を教えてあげた方が早いと無料で教えてあげました。

　東伊豆町にあるＳ病院から呼ばれ２、３人の透析患者がいるので、透析認定医を持っている小生に見て欲しいと言われ出掛けて行きました。2時間くらいかかりましたが、ずっとドクターフィー（報酬）どうなるのか？としばらく待っていましたが誰も来ません‼
　「もういい‼」マイナス思考はやめよう‼　と帰りました。
　その後Ｓ病院は廃院となったようです。

「准看護師」制度は良い

(資格の話)

　人間はやはり資格を取って人生を渡るのに何か武器を持たなければいけないと思います。武器というのは何か、要するに、「給料を高くもらうもの」を何か持たないといけない。昔は人生を1回失敗して、あるいは結婚で失敗した人が、もう1回学校に入って資格を取るような「准看護師制度」というのがありました。すごくよい制度です。(伊東市は平成16年3月閉校)厚生省が准看護師制度を廃止するようにもって行ったようです。

　中学校卒業以上であればいいので、結婚し子育てが終わり、経済的に苦しくなり、ゴルフのキャディーになるか、生命保険の勧誘員になるか、当院の事務員になるか!!

　相談に来た色々なご婦人もいました。私は少しお節介な所があるので、働きながら准看護師への学校を勧めました。

　中には簡単な算数が0点と言うスタッフもいましたが、私が勉強の仕方を教え翌年合格となりました。

　私はすごく良い制度だと思っております。若い時はみんな綺麗。テレビの女優さんなんかを見ていて、私の方がよっぽど綺麗、なんて思っていると、男に騙されて、子供を作り、またその男がよそに子供を作りに行ってしまったり。そういうご婦人をもう一度再教育し、資格を取らせるのは准看護学校でした。2年間学校に行けばいい訳です。2年と言っても午前中はどこかの診療所で働いて、授業を受けるのは午後からですから、実

際は1年間の勉強です。

　准看護学校の生徒に週に1回内科とか泌尿器科を教えに行きました。私は顕微鏡と検尿のプレパラートを持っていき、実際に顕微鏡を覗かせ、これが赤血球、白血球、扁平上皮だと説明した事もあります。卒業すると開業医の下で少なくとも2年間働かなければいけないと思っていたようですが、決してそうではなく、卒業して合格すると、すぐにやめていった人もかなりおりました。しかし良い制度でした。それでだいたい准看護学校というのは、国の資格ではなくて、県ごとの資格だと思っています。(国でも、県でも同じ事)だいたい100パーセント合格です。資格というのはだいたいそんなものです。老人病院に行くと患者さんより明らかに年寄りの看護師もいます。

　私も70歳、患者さんよりも、ヨタヨタしてる医師かな、資格と言うのは死ぬまで資格があります。おかしなものです。

　准看護学校の事ばかりではなくて、医師(ドクター)ももしかしたらそうだったかもしれません。我々の十年位上の先輩方は、みんな医学部に入れたかもしれない。当時は医学部より、工学部、理学部の方が、人気があったと聞いた事があります。

　現在は何の資格も与えられない大学がどんどん増えています。大学卒だけではだめだと思います。昔当院の近くの医院の事務員の息子が、成績がよくて東大を受験すると言い、私は「やめろやめろ」と言いましたが、結局東大に行きました。最近その母親が受診に来た時に、「もっと先生に医学部に行くように強く進めて欲しかった」と言っていました。結局東大を卒業してもただの人です。

ある日の医師会で、准看護学校は廃止になりましたが私は「この廃校にした恨みは墓場まで持ってくぞ!!」と言い争った大川真澄先生は80歳を超えていますが、今は「肥田君、左側腹部痛の患者さんが来たがエコー検査では、右水腎症がある。痛みがあるのは左腎だが、これはどう言うことか？」なんて言って、医療の事を話し合える良い関係となっています（右の水腎症は以前からあって、結石が陥頓していて症状がなく、左の尿管に小さな石が落ちたばかりでエコー検査でははっきり映らなかった事がわかった）。

　正看護師だからいい、という事ではありません。准看でも同じ仕事をしていれば、中には医者よりもすごい人がいます。助手でもすごい人がいます。医療の事にずっとついていると、私を助けてくれるような人がいます。ですから皆さん、私の目標は良く働き、はぁとふるに大きな収益をもたらし、スタッフにもいっぱい給料を払う。また、できればぼちぼち10年も続けてきた（但し善意でやっていた奨学金制度も悲惨な結果になった事もありました）奨学金制度とか、よその診療所よりも良くし、スタッフにも多く給料を払って何とか過ごして行きたいと思っています。

10年以上前に作った院内ポスター

スタッフとのかかわり合い

ではない！

診療時は患者さんに

おはよう、こんにちは
目と目を合わせて早く名前も言えるか
（患者さんに先に声を掛けられたら
負けたと思う）
訴えをよく聞いてあげて出来れば
その上1つ2つ質問してあげられるか

やぶ医者に会うのに

30分〜1時間

それ以上

待った方を5分〜20分の診療のうちに

いかに満足してもらえるかという

大問題

おざなりの診療はしない

血圧高い時何回も測定する

聴診　何回も聴く

（この時が私のホッとする時間です）

一生懸命やっている

（ふりをする）ことも大切

（毎日コツコツふりをしているといつかは自分の身になる）

私は、医療はサービス業

だと思っている

何をサービスするか

①自分←内面←挨拶

②診療所　（医療サービス）

うまくて！安くて！早い！

例えば風邪できた患者さんの偶然

（癌など）見つけられるか？

上手く治せるか（肺炎など）

自分の内面（自宅で）
身だしなみ

顔を洗ったか？
目やにがついていないか？
髪はボサボサでないか？
ふけはないか？
鼻毛は伸びていないか？
体臭はないか？口臭はないか？
服装はヨレヨレでないか？
名札はちゃんと付けているか？
最後に　あ　い　う　え　お
　　　　　か　き　く　け　こ
口の周りの運動。
うまく話せるように！
スタッフも、使われて
いるだけではなくて
自分の考えで判断行動する
表現が少ない
Silent はダメ
強い意志を持つ
自分の商店を持っているように
（年俸も交渉すべき）
残業はダメ（サービス残業はもっとダメ!!）

菅野医院と診療所交換

　今から十数年前

　小生が 10 月 15 日〜 20 日まで、北海道北見枝幸町にある弘前大学の同級生、菅野君のすがの医院の留守番にと、一週間の予定でお手伝いすることになりました。

　菅野君は小生と同じ弘前大学医学部昭和 52 年度卒業です。浪人中も札幌にあった桑園予備校で小生 3 浪目、菅野君は 1 浪目で一緒でした。彼はその後、札幌医大、旭川医大麻酔科、一般外科などを経て、昔父上が開業医をしていた関係上、北見枝幸町で「すがの医院」を開業したのです。

　地理的にこの地には、旭川より一路稚内を目指し、途中士別、名寄を通り、音威子府から北東へ向かい、歌登町を経て枝幸町にたどり着きます。旭川より約 160km、慣れた車で 3 時間の所にあり、人口約 8 千人の町です。

　日本一の毛ガニの産地として知られているようです。夏の海開きの期間が予定では 2 週間、実質 2 〜 3 日間、というような所です。

枝幸町

町立病院の他に医療機関は、すがの医院ただ1軒、他に歯科医院が2軒あるだけです。

この数年間で過去2回「診療所交換」と称して一週間ほどお互いの診療所を交代して診療した事があります。その目的たるや、

①ゴルフの達人（シングル）である菅野君が、雪深い北海道にいるのは可哀そうで、1日でも伊豆でゴルフをさせてあげたい。

②小生は昔から辺地の医師になりたかった。すがの医院へ行くには、「どんなものか」「小生でも出来るのか」あるいは失われた理想の追求があったのか。

③マイペースで開業して10何年、他の診療所を見てみたかった。

　その他いろいろ理由はありますが、主なものは以上3つです。

　そして第1回は、小生と放射線技師、事務員、妙齢の独身女性2、3人で。第2回は小生と独身の男の事務長とで!!　過去2回の北見枝幸町への「診療所交換」へ出かけたのです。

　第1回は私の診療所も医師は小生のみですから、日程は大変でしたが、第2回は医師2人となりましたので多少楽でした。その時の感想は、すがの医院は小さな総合診療所のようでした。

　胃カメラも大腸ファイバースコープも眼底検査もやっていました。手術室も4床の入院もありました。田舎だから遅れている、一人だから何もできない、は間違いだと気付きました。ドクターの傍らには医療秘書がいて、ドクターの仕事のフォローをします。

　すぐにそれを真似て、当院では業務部助手が必ず医師に付き、患者さんの呼び出し、医師のモレがないか、カルテの伝票貼り

など、大切な仕事をしています。助手は看護師さんと同格です。皆、医師以上に働きます。

　また、糖尿病のヘモグロビン A1C が 6 分で検査できる装置もあり、デジタル式の X 線装置もあります。（すぐ当院でも導入しました）顕微鏡は当院のものより数段上等。血液検査は宅急便で翌日結果がファックスで送られてくるのでした。

　私が菅野君から教えてもらった仙骨硬膜外麻酔（このくらいの強さで押すといいと教えて頂きました）を内科・泌尿器科でありながら（八百屋で肉を買うようなものですが）腰痛の患者さんにやってあげ感謝された事もあります。

　北見枝幸町の人が病気になると、100km 離れた名寄や160km 離れた旭川、300km 離れた札幌へと行き、入院する事になります。医師とするとそんな処置も検査も簡単にできるのに、と思いました。最近は医師がいなくて、町立病院には常勤

の医師 3 人と脳外科が月に 2 回、眼科が月 2 回、婦人科が月 2 回、整形外科が週 1 回、精神科が週 1 回、出張診療に来るようです。最近は常勤の小児科もいなくなり、週 2 回の出張診療となっているようです。

　医療的に過疎になると、住民もだんだん少なくなります。これが地方の格差か！と納得します。北海道も（明治から先祖がやっとの思いで作り上げたもの）だんだん崩れてゆく。

　以上過去 2 回の事があり、すがの医院から伊豆へと職員旅行になど来て、それこそ「姉妹診療所」のようにお付き合いしていただいております。

　今回、菅野君が初めてヨーロッパに、それもゴルフ発祥の地、スコットランドに行くとのことで、今回だけは純粋に応援医師として行くことになりました。小生はその週末にスタッフの結婚式を控えており、前半肥田、後半当院の O 医師に行っていただくことになりました。

　これを契機にいろいろなことを考えてみました。

　卒業 30 周年で弘前へ行った時、第 II 外科の今名誉教授に声をかけられました。「君たちの診療所交換はその後どうだね」今教授は大学退官後、なんと青森県内の町立診療所の所長になり、第一線で働いていました。昔は大学教授の退官後の天下り先としては、国立か県立か市立病院かの病院長でした。現在はそのポストも少ない事もありますが、第一線ドクターという選択はありませんでした。

救急の日（9月9日）は素晴らしい
ポンピエ（消防士）さんたちに感謝!!

（平成 19 年 9 月 8 日の伊豆新聞への寄稿より。）

　日ごろから、救急にたずさわる消防士さんたちに「とても勤勉で素晴らしい人たちの集まりだ」と実感しておりますので、救急の日にあたり感謝の一文をささげたいと思います。

　我々、はぁとふる内科・泌尿器科も開院してからあっという間に 20 年もたちました。その間、消防士の皆さんに助けられた事が何回もあり、深く、深く、感謝しております。一刻を争う重症患者の搬送が多いのはもちろんですが、時に酔っ払い、タクシー代わりのような極々軽症な方で、「なんでこの人が救急車で来るのか？」など、常識を疑う様な事も多い中、消防士さんたちは、いつも嫌な顔一つせず、礼儀正しく接していらっしゃる。また救急の患者さんを当院で引き受けた際、まるで自分の家族のことのように深々と謝意を表されます。私たちより数段上の人たちのように感じられます。また仕事ぶりも魅力的です。

　先日、ほとんど心肺停止に近い患者さんが当院に搬送されてきました。救急救命士の指示のもと、3 人の消防士の見事なチームワークにより、心臓マッサージやその他の処置を、汗だくになりながら懸命にされておりました。私もその中に加わり、気管内挿管・血管確保など行いました。その結果、患者さんの容体が安定し、順天堂静岡病院へのヘリによる搬送が可能となりました。帰り際に私は、消防士さんに感謝の握手を求めました

ら彼の手は汗みどろで、全力で仕事を遂行したという満足感で
いっぱいの真っ赤な顔でした。

　当院のスタッフが言うには、「ずいぶん格好よい消防士さん
達だったね……先生より数段すてきね！」と消防士さんは、私
より残念なことに数段格好よいと思っていたようです。私はそ
の言葉にうなずきました。

　そのような気持ちでいましたところ、たまたま偶然にパリの
消防士さんたちの様子が描かれている本に出会いました。『気
分はパリ暮らし』（沼口祐子著・光人社）副題は「限りなくタダ、
とっておきのパリを楽しむ」という本です。パリ祭の夜は、消
防署で合コン‼️　と言う一文がのっていました。

　その文を抜粋します。

　フランスでモテる男の職業ナンバーワンは何か？それはズバ
リ！　“ポンピエ”（POMPIER ＝消防士）なのだ、弁護士、外
交官、医者、エリートサラリーマンなど、インテリでリッチな
男たちもこの“ポンピエ”には遠く及ばない、とにかく彼らは
メチャメチャにかっこいい！彼らの一日は、ひたすら体を鍛え
ることに費やされる。あらゆる災害事故の現場の最前線で人命
救助にあたる“ポンピエ”たちは常に身体をつくっておく必要
があるからだ。ガンガン鍛える。短く刈り込んだ髪、精悍（せ
いかん）な顔つき、それと鍛えられた肉体、たしかにフランス
女性が夢中になるのもよーくわかる。

　フランスは、国家公務員にパスした者しか消防士になれず、
さらにフィジカル面も優れていることが条件。頭が良くて力

持ちというわけだ。収入面でも恵まれて、15 年ほど勤めると、月給はおよそ 2,500 ユーロ、日本円に換算すると 30 万円を超えるらしい。

これはこの国では、ハイクラスに属する名の知れた企業にいても給料は 20 万円以下という人々が大勢いるのだから。この国では、ポンピエと庶民の関係がとても深いのだ。どんな時でも「困ったら"ポンピエ"に電話」が常識、だから人々は、まとめて彼らの消防署に終結するわけ。

パリ祭の夜は、普段消防車がズラリと並んでいるガレージが、この夜だけは解放される。消防車は別々の場所に移動してあるらしい。この広々としたガレージがダンスフロアー……まるで学園祭のノリ。もしあなたが、独身で、もちろん独身でなくてもいいんだけど、7 月 14 日にフランスにいるなら、このダンスパーティーは必見！（一部抜粋）

このようなパリでの消防士さん達の魅力的な様子が書かれておりました。

当院にも最近 3,4 人の若者が、消防士に採用してもらうための健康診断書を求めて受診しました。いずれの方もパリの消防士になってもおかしくない爽やかな、ナイスガイであり、私は是非合格するように、そしていつか日本も今よりもっともっと景気がよくなり、パリの消防士さんたちの様な待遇が受けられる日が来るように……と願っております。

消防士さんたちの奥様、あるいは彼女たち！今宵はあなたのすてきな"ポンピエ"にパリ流に「ジュ・テーム!!」

はぁとふる内科・泌尿器科　肥田大二郎

医師人生の先輩

「肥田先生、僕の肝臓は『スターマイン』のようだよ」

「えぇっ!!『スターマイン』って？」私は尋ねた。

「『スターマイン』って、夏の花火大会でドスーンと上空へ昇っていって、ピカッとキラキラして広がる美しいのがあるでしょう」

看護学校の前の路上で、お会いした野村先生は、私にこう言った。先生はこれから学生の講義に行くようであった。

「肥田先生は、何か教えているの？」と先生にこう聞かれると、私は恥ずかしそうな表情で、「昨年まで、やっていたのですが、学生が卒業してしまって現在、学生がいませんからやっていません」と言葉を返した。

先生が肝臓癌に侵されていて、恐らくもうそれほど長くない生命であることは、医師会の中では公然の秘密であった。

色々な理由をつけて医師会の仕事をさぼりたがる会員の多い中、末期癌の先生が、これから看護師になり、患者さんの為に尽くすであろう学生達に一生懸命、耳鼻咽喉科学を教え、またその上に、数少ない耳鼻科の医師の一人として、数か所の小中学校の校医として児童を検診しているようであった。

医師会の会議の途中、時々私は野村先生に誘われ、その場を抜け出し、高級な何とかというクラブへ連れて行かれ御馳走になった。私達年代が、先生の息子さんの慶応大学医学部の時お亡くなりになられたと言う方に重なって映ったのだろうか。

許山先生は、私の診療所が開院するちょっと前に脳血栓で、お倒れになりました。先生のところの看護師が2人、私の診療所に移ったおかげで (?!) 私は看護師なしの開院を免れました。「産婦人科医となった息子さんに、父さんのあとを継いで……」と言っては困らせる。娘は、私のところから看護師になった。時々、胆のう炎や憩室炎などを起こされて国立へ入院される。病気をやった後とは言え、顔つきはしっかり、貫禄もある。立って歩ければ、医師としてやってゆけるのに、私はまた余計なことを考える。先生ときたら、入院して採血の時、まだ針が刺さってないのに、痛い！痛い！と叫ぶんだもの。僕もそうだけど医者は意気地がないねぇ〜!!（先生！長生きしてください）

　「お〜い！君達！（オートバイの）ステッカーに、No！Kissと書いてあるのにKiss（追突）ばかりしていて、気をつけて運転しろよ!!」と私が親戚の家に遊びに来ている時、隣の伊東病院の先生が、おもしろい、気の利いた言葉を言って若者に注意していました。
　先生はオートバイの追突事故の手当てをしていたのでした。前島昭二先生でありました。
　格好いい先生だな〜と小学生の私の目には映りました。今では講演会の後、二人で連れ立って焼き鳥屋へ行きます。浜松の病院で勤務医をしていた私は、休みを利用しては、先生方のところに通い、「これから開業医となるべく準備」を、お教えいただきました。何も分からない幼稚園の子供が、偉い教師に全

て面倒みて頂くような有様でした。そんな私が今では役員会の末席に座らせていただいております。

　先生方のお蔭で今の自分があることを、まず、第一に思います。それから、私を引き上げて頂きました諸先生方に、特に石和先生、松島先生には深く感謝いたします。

記憶に残る患者さん

　近くの青年の紹介で、同僚の方か？尿道から膿が出ているから尿道炎ではないかと、外来に診察に来ました。

　腕を見ると入れ墨があり、もしかしたらと言ってお腹にエコーを当てると、肝臓に腫瘍がありました。「これは大変だ！」すぐに神奈川県の病院に紹介をいたしました。返事が紹介状の名前と違っておりました。どうも彼は私の所に来た時には違う人の保険証で来て、神奈川県の肝臓の専門の病院にいった時は、自分の保険証を持って行ったようです。保険証と言うのは、きちっと本人と証明する写真が入っていないと厳しいのではないかと思います。

　超音波をしたら、お腹がすべて腹水、どこがなんだか分からない。こんなことは初めてで、もしかしたらこれが卵巣嚢腫、婦人科系のものではないかと婦人科に紹介した事がありました。

　また、中学生か高校生くらいのご婦人が、気持ちが悪いと来院し、色々生理があるとかないとか聞くのが大変だったので、すぐにお腹をエコーで見ました。子宮の所にボコボコと動くものが見え、どうも妊娠初期のようでした。私は知り合いの産婦人科のところに紹介しました。彼女は初めての妊娠のようでした。

　そういう経験も初めてでした。なんでも自分で勉強です。

　自分で本を見ながらやっているだけ、或いは本ではなくて、

膀胱におしっこをためると上に子宮が見えたり、子宮筋腫とか
パカパカ動く妊婦さんの胎児とか見えたり、医学は研修と言う
よりは自分で考えるような仕事であっていいと思います。

優れたスタッフ

〈レントゲン技師　ゆうこさんの話〉

　はぁとふる内科・泌尿器科が出来て 32 年になりましたが、以前、ひだ内科だった頃の話です。

　私が診断をつけられなくて、職員が病気を見つけた事がありました。

　私の知り合いの友人が、血尿が出るという訴えで診察に見え、私がエコーをやったところ、大丈夫ではないかと思いましたが、一人のレントゲン技師のゆうこさんに、「ゆうこ、ちょっとエコーをやってみて」と言いましたら、彼女が、「先生、腎臓に腫瘍があります。腎臓癌ではないでしょうか」「そうか、良かった」とレントゲン技師のゆうこさんがエコーをやってみて見つけたことがあります。

　我々の診療所は、うちの診療所から出て行く前に診断がつけばいいというような事を思っておりました（誰が見つけても）。

〈准看護師のよしみさんの話〉

　信楽園病院に山田先生という糖尿病の先生がいました。

　その先生は、糖尿病の患者さんの腹に針を刺してインスリンを分泌させる、今のスマホくらいの大きさの機械がありました。持続的に少しずつ、1 時間に 1 単位、食事の時には 3 単位、4 単位位出すというような研究をしておりました。今からなんと

35年くらい前の話です。

　私が開業して2、3年した時に、新潟市の先生に教えを請いに数名の看護師さんたちと糖尿病の勉強会に行った事があります。その時に一緒に行った看護師の一人だったのですが、結局その看護師は劇症1型糖尿病でお亡くなりになりました。私の診療所からよその病院に移ってすぐに亡くなりました。よしみさんという方ですが、スナックのホステスのような魅力的な若い活発な感じの女性でした。医学を知るとものすごく才能が出てくるわけです。

　私が「つつがむし病、とはこういう病気だよ、全身の発疹と特有の細長い1cm未満ほどの嚙み口がある。発疹があったら、全身隈なく探しなさい」と、私は1例目を見つけ、よしみさんが「この患者さんはあの時と同じ"つつがむし病"ではありませんか？」と2例目を見つけたのです。Karp型のつつがむし病だったのです。人間というのは、医者が偉いとかではなく、皆見て覚えるという事です。

　「よしみ、もうこの世からいなくなってしまったが、あなたが救った人もいるんだよ」感謝、感謝、感謝です。

エーテル麻酔の話

　某病院で全身麻酔をかけて手術をするのに大学の先輩がエーテル麻酔をして電気メスを使うのです。「偶然に引火するので危険ですよ」と自分の考えを言うと、先輩達は「今までそんな事はないから大丈夫、大丈夫」と言われました。（エーテル麻酔は気管内挿管をしなくても出来たようです。）　私は、この方法は危険だと判断して「薄っぺらな麻酔の本」を買ってきて、挿管の仕方（始めからあまり深く挿入せず、枕をすると挿入しやすい。良く見えない時、のどの出っぱっている所を少し看護師さんに押さえてもらうと見やすい）、入らない時はどうするか、など色々と考えて実行しました。

　まず、気管内挿管（その事が大変で一生懸命勉強しました）サクシンという筋弛緩剤を打ってから挿管し、それから GOF という麻酔をかけていました。誰かに何かを教わったという事がなくても、小さな本とあとは手術をする前日にオペ室に行き看護師さんに「明日子供に全身麻酔するのだけど、どうすればいい？」なんて聞いてやっていました。

　某病院の時の事ですが、菅野先生は麻酔科にいて、「肥田、それはたまたまうまくいっただけの話であって、きちんと習わないとだめだ」と言われたことがあります。それ以降は気管内挿管が必要な時はすべて出来ています。

一番重症な患者はもしかしたら自分だった

　2年ほど前の12月31日、大晦日の日の休日救急当番の日の話です（透析医療をしているので、年末年始はなるべく私も出勤する）。

　朝9時から救急診療が始まりますが、8時に診療所には着き、伊豆高原の透析室で回診をしておりました。その時から何か調子がおかしく、体が痒いなと思っていました。病棟まで回診し「やはり何か変だ！」と思い医師の休憩室に帰ってきました。それと共に体があちこち痒くなってきて呼吸も苦しくなってきた。もしかしたら医局の冷蔵庫にあった古いお茶、あるいは、生野菜が大好きだったのでちょっと古いのを食べてしまったのかなと思い、もしかしてこれはアナフラキシーショックではないかと思い、外来の婦長に両足にボスミン1Aを半分ずつ注射してもらいました。すると40分位すると落ち着いてきました。その日、偶然にもう一人の先生がお手伝いに来てくれていたので、1時間くらいその先生に診療をして頂く事が出来ました。その後回復し、いつもと同じ救急の仕事を始める事が出来ました。

　その日の一番の救急患者は自分でした。

　救急の日は大好きです。新しい患者さんを診察したいといつも思っています（最近毎年、年始の救急を2日あたりにやっています。透析があるので日曜日しか休めません）。

ある日、お年寄りの男性の患者さんを診察すると、歩き方がおかしく、結膜も黄色く、貧血もあるようで、肺音を聞き甲状腺に触ったあと採血するよりも、何か理由をつけ腹部の超音波検査をしたいと思ってエコーをすると、何と！　肝臓に腫瘍がありました。「早く大きな病院に行った方がいいよ」と患者さんに申しましたら、「お金がなく癌センターまで行くのは大変だ」と言われてしまいました。いろいろな患者さんが多いです。お金のことを考えての診療も必要です。

　また、救急の日に来た患者さんに、何となくお腹の中を見てあげようと思い、特に症状もなかったのですが腹部エコーをすると、肝臓腫瘍の周りにハロー（halo）がありました。市民病院でCTを施行してもらいましたら、どうも大腸の方からの転移のようでした。この方も転移はそこだけだったようなので、今はすごく元気で働いており、よくレストランでお会いしています（どこかで見た人かなぁ？と）。

　「よう！久しぶり！」と私が昔往診に行っていて亡くなった患者さんのお孫さんが、外来に来ました。「わぁー、久しぶりだね〜」太っていたので、エコーをあてると、肝臓か副腎に脂肪腫がありました。これは悪いものではないからそのままにしておいたら」と言ったところ、力仕事をした時にそれが破裂してしまい、手術をそのうちにしなければいけないと言う話でしたが、肥満があるから手術も厳しいと言う事です。

百一さん
（ももかず）

　昔知り合った、川奈の漁師長までやった料理のうまい百一さ

ん。自宅まで行き、花火の日には婦長までご馳走になり、麻雀までやった百一さんの足の壊疽がひどくなってきて、私の診療所に入院中に奥さんが「あんた、早く死になよ〜」と旦那である百一さんに言っていました。非常に仲が良く、考え方も一致していました。

　百一さんはもう亡くなられたのですが、「あんた死になよ〜」と言っていた奥さんが今日外来に診察に来ていました。時々往診に行きます。

　百一さんの三男、豊さんも透析を当院で受けていました。彼曰く、ゴルフは素振りをしないで 1 回で打ちなさいと。総看護師長はその方法で 90 台で廻ります。（私は 110 前後）

　豊さんは毎月、診療所の台所で美味しい料理を作ってくれました。最近、私の誕生日にも作ってくれる予定でしたが、数日後に急にお亡くなりになりました。

　百一さんの静岡の方に嫁に行った娘の旦那さんも、当院で病気を見つけて、静岡県立総合病院で肝臓の手術を 3 回もしてもらって、今でも静岡から診察に来るのですが（一番遠い所から来る）、奥さんが「あんたもっと早く死なないから生命保険が今貰えなくなっちゃった」なんて、そんな面白い患者さんとの話がありました。

　今でもその患者さんと私は食事に行ったりしてとても話が合います。

江渡先生からの手紙

肥田 大二郎 様

　日一日と寒さが増し、雨かと思ったら白いものが舞う季節になりました。お変わりありませんか。

　もうすぐクラス会で長崎ですね。前回の八戸では貴兄のお話に何だかとても元気をもらったように思います。その後に約束のご著書をお送り頂きましたが、日常に疲れ果てている身としてはなかなか紐解けずにいました。その際に立派な贈り物まで頂戴しておりました。大変なプレッシャーで何とかお返事を書いて恰好をつけようとしましたが、例によって筆不精で、もたもたしてこの体たらくです。

　さて、クラス会も迫り、やっとこ貴兄のご著書を紐解きました。一気に読みましたですよ。驚きましたね。もう、相当に驚き、衝撃を受けました。その晩は夢にまで貴兄は出てきました。う〜ん、小生は知らなかったですね、全く貴兄のことを。そして多きに誤解していました。小生からの印象は、貴兄はたいそう女にもて、何事も要領がよく、まぁ人生軽々と調子よくやっている人のようにしか見えていなかったのです。そして、それはとてもうらやましく、小生には間違ってもできないことで妬ましくもありましたから。小生はと言えば、あまりにも強烈な人見知りを持て余してさえいました。なかなか人と話すことが苦手でたくさん人がいるところにはとても出かけられませんでした。これが親しくなるとがらりと変わるのですが。特に女性

に声をかけるなどは心臓がくちから飛び出そうなくらいの思いをしますから。

貴兄の高校から予備校時代の奮闘ぶりは何と申し上げてよいものか、すごいというよりは壮絶ですね。こんなにすごい努力の天才だったとは夢にも知りませんでしたので、驚きの連続でした。

よくあの環境で心折れることなく初志を貫き通したものだと。失礼ながらその貧しさも半端でなく、まさに事実は小説よりも奇なりを地で行くものでした。この衝撃は強烈で貴兄が眩しく思えました。なるほど貴兄の話を聞いていると何か元気が出てくるような勇気をもらえたような感じがしたのはこういうことだったのかと思った次第です。

自らを顧みて小生は経済的に苦労したことはありません。16歳の高一の時に父を亡くし母一人子一人で育ちましたが、ご先祖様のおかげもあり経済的には恵まれていました。勉強はあまり好きではなく貴兄のように頑張った記憶がありません。何となくやってきたように思います。これは大学時代も同じで、真剣に勉強するようになったのは実は医師になって患者さんと向き合うようになってからです。学生時代に勉強しておけばよかったと何度も思ったことでした。ある時母が書類を持って来て署名捺印するように言われました。献体申込書でした。あなたを医師にしてくれた医学に感謝してそうしたいと言われたとき、自らの不勉強を深く深く恥じました。申し訳なくて母に返す言葉がありませんでした。それからちょっとは頑張りましたがそれは当たり前の話で、いやもう貴兄には降参ですよ。

O脚の話ですが、そんなにも気にしてコンプレックスだった
とは考えもしませんでした。小生から見る貴兄はかっこよく羨
ましい人にしか映っていなかったので、整形に入院して手術を
するという話は理解できませんでした。いったい何のためにそ
んなことをする必要があるのかと思っていたことは事実です。
それがこんなに貴兄がコンプレックスに思っていたとは思いも
よらず、人のコンプレックスというものはわからないものだな
あと改めて思います。退院後の貴兄を見ても、そんなに以前と
変わっていないように見えて意味があったのかなと思っていた
ほどでした。それゆえ貴兄が思うほどに周りはそのことに関心
はなかったのではと思うのですが。もちろんご本人の思いは違
うのでしょうね。

　この著書によりますとその後講演をされたと思います。今後
も若者向けに講演を依頼されたり、いろいろとエネルギッシュ
に発信されたりすることでしょう。多くの人に耳を傾けてもら
いたいと思います。ただ、小生のような勉強嫌いで努力もなか
なか続かない凡人から見ると、これは特別な人のできること天
才の話に思えて、確かにすごいしそうなれたらいいなとは思う
けど、ちょっと自分には無理無理と思ってしまいます。いきな
り、さぁ頑張ってマッターホルンに登ってみよう、やれば誰に
でもできるよと言われているような気がするからです。誰もが
知りたいのは、何故あなたはこんなにも頑張れたのか、多くが
挫折をしたり夢を諦めたりするのがごく当たり前の中で、そう
ならないで夢を実現できたのは、いったいどこがどう違ったか
らなのか、どこをどう言う風に考えたからなのか、そこだと思

うのです。精神論を離れて、その違いに注目し是非ご本人に解明してほしいものです。

　若者は時代の子です。満ち足りた時代に育った若者には当然のことながらハングリー精神も危機感もありません。身の回りの豊かさは生まれながらにして存在していたものだからで自分の努力のたまものではないのです。ここが難しいところで歴史的にも繁栄を極めた社会が、その後例外なく衰退に向かって行くということになります。

　ピラミッドの中にあるヒエログリフを解読したら、今の若いものはなっていないと書かれていたというのですから、これはやはり人間発生以来変わらないことなのでしょう。ともあれ、なんとかクラス会に間に合って読み終わりましたが、貴兄から元気をもらえた意味が理解できました。その時小生が我がクラスで最も成功した人は貴兄ではないのかと言ったことを覚えていますか。小生は単なるフィーリングでそう思っただけでしたが、我ながら勘が鋭いなと思ったことです。今度会うともっと貴兄が眩しく感じられることと思います。貴重なご著書を頂き有難うございました。ますますのご活躍を期待し楽しみにしております。

江渡　正

2014 年 11 月 18 日

硬膜下血腫

　今から5年程前、八幡野の港で「やんもの里花火大会」があった時の事です。

　職員と一緒に上空の花火を見ながら、当院の駐車場でバーベキュー大会をやる事になり、バーベキューの材料やビールなど沢山準備して、職員の子供達がスイカ割をしたり、ワイワイと楽しくやりました。

　それが終わってから私は診療所の当直室で休もうと思い、エレベーターを使おうと思ったのですが、アルコールを飲んだ姿を患者さんに見せるのが悪いと、階段をトボトボ上って行った所で急にすべって頭を打って意識を失ってしまいました。

　その後、倒れているのを職員に見つけられて当直室に運んでもらい横になったのですが、トイレに行こうと思って右足が滑ってしまい、また頭の同じところを打ってしまいました。

　その後同級生のS先生が院長をしている病院に入院し、「肥田、これは硬膜下血腫だよ。すぐに手術が必要だよ。」と言われました。その時から復帰するまでに3か月位かかったのですが、入院中、頭の手術をした後、手足を縛られトイレにも行けない状態が（大便も小便もおむつの中です）嫌で退院し、自分の診療所に入院しました。その後退院し、京都のホテルへ一人で行き静養し、3か月くらいしてから現場に復帰しました。

　患者さんには頭の中の「悪い所があったから取ったよ、かえって良くなったよ」と言っています。

その当時、私が「再起不能」と言う噂も立ち、一緒に診療していた3人の先生方や一部の職員の方が大変でした。

　現在ではその先生方も当院の近くでそれぞれが開院し、スタッフもそこに一緒に行った人もおりましたが、私はそれでも現在元気で働いております。

　昔開業した当時よりはまだまだ楽で、もう少し仕事を増やしてほしいと思っています。

　退職された3人の先生に代わるドクターも来て頂いて、無事に毎日診療をやっております。職員からいくつになっても、「あと10年、あと10年働いて下さい」と言われています。

　今71歳になるところですが、まあ80歳くらいまでは元気で働かなければいけないのかな、と思っております。医師と言うのはいい仕事、毎日毎日勉強の連続です。

　何でもちょっとおかしいと思うとすぐに調べる。同じ事を33年も、医師になっては42年もやっていますから極めて良い仕事です。

　また、忙しく働いてお金を稼ぐ。とにかく独り占めしないでスタッフにいっぱい給料を払う。当院では昔ボーナスが2回、決算賞与も1回、インフルエンザ手当、年度末賞与などと変なものまでありました。

　"職員を大切にする"また"社会に貢献する"事が私の自慢です。

　別荘はなし、車は他の先生が乗り古したもので上等。食べ物はコンビニの物で上等。

　呑み屋の息子が医者になっただけでそれ以上満足する事はあ

りません。

　ただ、いくらお金を稼いでも所詮飲み屋の息子ですから、美味しいワインがあって、「これはいいよ！」と言われても、私は口の中に入れば何でも美味しいです。貧乏をしたので、何でもお腹が膨れればいいのです。三分の一から三分の二に膨れれば十分です。そんなに美味しいとは私の舌ではわかりません。料理は旨いかもしれませんが、私の舌ベラは１円なので、私は料理の味がわからないと思っています。（亜鉛が少ないせいか！）

　そんな男ですが、一生懸命働くのが私のプライドです。もう一人の自分から好かれる、もう一人の自分が一生懸命な自分を知っている訳です。いろいろ訴えの多い患者さんと喧嘩などすると、「大二郎、それはまずいよ」と言うもう一人の自分が右手の中にいるので、もう一人の自分から好かれるようにと、いつも思っています。新潟の小坂さん曰く「inner man」と言うようです。

医師制度と教育

　私立の医科大学で今、女子の問題があります。女子の合格率を下げ、男と女と 20 点も差がある？このような話は許せない、人間の社会そのものを否定する行為です。試験で 1 点を取ることは大変です。土方の子分までやって、浪人した私だからすごく悔しい。社会の仕組みそのものを破壊する行為であります。また、その大学に私学助成金まで出ている？女子は合格率が低い、あるいは裏口入学（お金が必要）というのがあるという、人間のすることですから、多かれ少なかれそういう事はあると思います。

　入学要項にきちんと書けばいい。

　「女子は、浪人生は 20 点減点する!! 寄付金は最低でも 1000 〜 2000 万円!!」

　私は、やはり教育は、親の影響もあるし、あるいはお金の事もあるので、国である程度間違いなく、向学心に燃えている人はなるべくお金がなくても大学生になれるような制度にした方が良いのではないかと思います。

　私が弘前大学医学部に入学した時は、沖縄はアメリカから日本に返還されてなく、医学部希望の受験者から 100 人合格させ、それぞれ国立の北海道大学から、鹿児島大学にいたるまで約 2 名ずつ位振り分けていた時代です。このような方法も良いのかな。

当時、医者になったばかりの勉強したい医師を全国から集め、東京で2、3日、個人で各自3〜4万円くらい会費を払って、胸部レントゲンの勉強会が、神戸でも超音波（エコー）の勉強会がありました。偶然同級生と会った事もあります。

　ですから、今は専門医、専門医、という事になり、またその専門医にも学会、研修会があって、大切な週末も研修会に出席しなければならない。専門医を維持するのは、年間何単位以上と決まっているのです。（専門医単位を取るために大阪、京都に行き、学会上の受付で所属の名前だけを書いて、あとの多くは遊んで帰る医師もかなりいるのです。私もその方が多かったかな〜）

無給医、おかしい！

　最近新聞には、厚生労働省が地域医療の維持に不可欠な病院に勤務する場合などが必要な医師には、年間の時間外労働を1860時間（月155時間）以下とする「特例」を設けたようです。連続勤務時間は28時間までに制限した上で、終業から次の勤務まで9時間のインターバルを設けるとの事のようです。それでは、それに対するお金は払ってあるのか。

　ある人の話だと8時半からの診療で7時までに行かなければいけないが、それは残業に入らない。あるいは、自分の仕事をしている時は勤務内で、あとの急患で呼ばれたり、研究発表の論文を書いたりする時間は全部時間外。医者の場合は"聖なる職業"であるから、少しの事を全部無給料で一生懸命やりなさい、と言うようです。私は医師になって1年目だから分からない、経験を積んだ10年目以上だから分かるという事も、もしかしたら少しはあるかもしれませんが、とにかく一般の会社員であれば、新入社員であっても1時間働いたらいくらと、絶対支払われるのです。

　また、夜の病院当直ですが、私の頃は1日当直すると10,000円の給料がもらえました。その翌日も普通に働くのです。当直と言っても、患者さんが来ると診療しなければならない。病棟の患者さんの具合が悪くなると行かなければならない。とにかく、ずっと働いているようなことも稀ではありません。昔は夜8時間働いて10,000円もらえましたが、今はどの位もらえるの

か、ある大きな病院の先生に聞いてみると、15,000 〜 16,000円もらえるのではないかと言っていましたが、私はやはり残業はなるべくしないようにした方がいいと思います。

　深夜救急を一人でやっていると、想像を絶する大変な世界でした。昔の深夜救急は地元の大きな病院はやっていない時代でした。

　最近は良くなりました。私の診療所は楽になりましたが、深夜大きな病院が引き受けてくれます。研修医とか若い医者が多く、時間外の外来をしてくれているからだと思います。すごく大変な事だと思います。

　若い医者は可哀想です。時間外診療は必ずあり、当直扱いで8時間、1泊1万円。病院から残業代は出ないことが多いようです。普通のサラリーマンは残業代が出るのに。
（Yahoo! ニュースより抜粋）

　　　3タイプの無給医

　　　1　「勉強したいから無給」医

　　　2　「大学院生で無給」医

　　　3　「医局の都合で無給」医

　医局をやめる事は大学病院の医師としてキャリアを失う事になります。さらに医局の人間のつながりがあり、「人助け」が信条の医師はついその立場に甘んじてしまうこともあるでしょう。

　「女性医師は妊娠・出産・子育てに関連して有給から無給医と命じられることがあります」

　若い医師がタダ働きをしたあげく、社会保障がなく、保育園

でも苦戦する。これが今の大学病院の現状です。

　医局とは教授をトップとするピラミッド型の構造で、多くの場合給与や階級（職位）はおおむね年功序列です。県内中の大きな病院は医局が強い影響力を持っています。

　（私は最近その考え方はおかしいと‼影響力はない‼と思ってます）

　医局との関係が悪くなれば、そのエリアは働きづらいと言う状況に陥る可能性もあるのです。問題の根本には、大学病院にはそもそも多くの医師を有給で雇う経済的余裕がない点があります。

　大きな病院は赤字で大変だと思います。断ったりすると、民事訴訟とか権利主張が多く、社会が悪いと言う人達に攻撃されてしまいます。あるいはテレビ番組もその様な傾向にあります。その事から守るには、同級生の弁護士はカルテにきちっと患者さんと話した事を記載するようにと申しています。一人一人の患者さんに係わる時間が限りなく長くなり、残業が増えるのです。医療制度というのは、ものすごく大変です。今の研修医制度もそうです。

　「無給なんてはっきり言ってありえない。」組織そのものが腐っている。総長とか理事長とかどれだけ給料をもらうか分からないけども、当院にも卒業 3 年目の医師に来て頂き、1 年ほど交代で働いてもらっています。最近 S 先生から「どうも大学からほとんど給料は出ていないようだよ」と知らされ超ビックリありえない！と思いました。大学院に入り医学博士になりたいから、あるいは専門医になりたいからか。

医療制度少し変えて

　私は医療制度を少し変えて、月にいくらまでは保険で認められる、というようにしていかないとまずいのではないかと思います。例えば、保険で月に2、30万円までは認めますが、それ以上は自費で払って下さい、というように。保険証も写真入りにしたり（マイカードにする）とか。そうしないと、国の経済が破綻します。今ではそれが外国人など、保険料を支払ってない人に医療費を払っているような、ひどい時代になっています。

　我々も医療費で養われている仕事ですから、あまりこの事について触れると患者さんから猛反対を招いて大変な事になってしまいます。

　私の診療所もつぶれるかもしれません。やはりスタッフに対する責任もあるので、そういう訳にもいきません。社会、政治というのはみんなの一票、一票でできています。生活保護をもらっている人も、ものすごく税金を払っている人も、一票は一票だと思うので、どうしても政治家になるには、あちこちにばらまきの政策をしなければ当選することができません。これはどうしても民主主義の限界だと思います。昔は民主主義のようなものが好きでしたが、今は少し変わってきて紀元前後のアテネ、ギリシャのような政治、頭の良い私欲、物欲のない人が10人位で政治をやった方がいいと思います。政治家の給料がバカらしい。

　費用対効果の事を考えると、ほとんどの政治家はゼロではな

いかと思います。とにかく、道を歩くにも、信号機にもお金が
かかっています。ですから、私はあまり新しい薬を作らなくて
もいいと思います。どうしても新しい薬、ものすごく効く薬を
欲しい人は、自分のお金で払うようにすればいいと思います。
なんでも国の制度が悪いということではなくて、やはりなんで
も自分でお金を稼いで頑張らなくてはいけない。国ではなく、
自分の問題なのです。その事をもっと子供達に教育し、老人達
にも教えなければいけないと思います。

　そしてもっと多くお金を稼いでほしいです。若い医師も田舎
に行け（医学の勉強は上の先生に聞かなくても絶対出来る）、
変な研修など受けずに、日本を豊かな国にして下さい。
ちょっと過激すぎるでしょうか……？

生活保護

　生活保護の事ですが、中には立派な格好をして良い服を着て、パッと見ると「この人はすごい人だな」と思うとカルテに生活保護のしるしがついているのです。

　「この人、生活保護を受けてるの！」とびっくりする事がよくあります。

　生活保護の意見書があるのですが、「医療は高血圧でかかっていますが、私的には働けると思います。生活保護村を作り働く制度を作って下さい」と市役所の生活保護課の課長に変な電話した事がありました。

　働かないとまずいです。いつも近所のスーパーまで、右足の方を引きずって歩く若者がいます。彼は一生懸命そのスーパーで働いています。荷出しをしたりお客さんに声を掛けたりと、いつもその彼をみるととても感動します。人間は絶対に働かないといけないと思います。

　私がいつも「お兄ちゃん」「お兄ちゃん」と呼んでいる患者さんがいます。

　いつもバイクに乗って点滴を打ちに診療所にやってきます。

　大工さんをやっていますが、そのお兄ちゃんが「仕事がない、仕事がない、俺は頭が悪いから仕事を回してもらえない。今月たった2日しか働いてないし、年金は2ヶ月で11万しかない。このままではやっていけない。今日は川奈の浜へ行って天草を

拾い、トコロテンを作り生活の足しにしている」と言っている70代のまじめな方です。

　若い時1回結婚したが、母ちゃんとうまくいかずに別れたそうです。

　私は6月8日までに2日しか休んでいません。

　71歳、働きすぎかと思っていますが、働かなくても何とか生活はやっていけそうな気がします。

　仕事がありすぎても大変！

　仕事がなくても大変！

　働きたくても仕事がない！困った！困った！と、年中言っているお兄ちゃんを私はひそかに尊敬しております。
もしかしたら、生活保護費の方がお兄ちゃんの年金より高いのでは？

　人間は皆一緒！生かされています。

　仕事がある事に、出来ることに日々感謝しなくてはと反省しております。

スタッフのバイト歴

透析の技師長の松久さん（60代男性）と私（70代男性）が話をしていた時、高校から専門学校に入るまで、どんな仕事をしてきたか聞き、「え〜、そんな仕事もしていたの！」と驚きました。

それがきっかけで、スタッフ80名くらいに「どのようなアルバイト、職歴があるか、書いたら1つにつき500円か1,000円か5,000円か払うよ」と言いました。すごいすごい！
下記のごとくあり、びっくり！

	スタッフの仕事歴です（アルバイト？）		一生懸命働かないと 90〜100才まで生きちゃうことあるから！！
50代 女性	ペンション/カラオケスナック/宅配便配送係/キャディ/賃貸物件事務/植木屋/化粧品売場/ファミレス/ステーキハウスレジ/皿洗い	40代 女性	海の家/コンビニ/喫茶店/コンパニオン ホテルウエイトレス/スナック/居酒屋
40代 女性	梅の収穫/外国人ショットバー/コンビニ店員/食堂/看護助手（オペ室掃除）	50代 女性	保育園夏季補助/化粧品箱詰/保養所清掃 スポーツジム受付/ネットショップ
60代 女性	美容室助手/エステティシャン/ラーメン屋/掃除婦/プール売店/ガソリンスタンド事務/居酒屋	60代 男性	ウエイター/バーテンダー/清掃/塾講師
60代 女性	高齢者施設	40代 女性	居酒屋/コンビニ/ケーキ販売/郵便局/スーパーレジ/宅急便仕分け/和菓子製造 看護助手
40代 女性	農業（米作り）/ガス屋事務/ホテル清掃	50代 女性	選挙カーうぐいす嬢/ベビーシッター/海の家 弁当配達/ホームセンター品出し/ファミレス 税務署（ナンバリング）/製図製本/居酒屋/清掃 国勢調査員/看護助手/菓子箱折/ イタリアンレストラン/スーパー食品袋詰/
40代 女性	本屋/ホームセンター/クリーニング/そば屋/ホテルペットメイク/衣料品販売		
30代 女性	ちゃんこ屋/弁当屋/携帯ショップ/カラオケ/ブライダルサロン/ケーブルテレビ/ハンバーガーショップ	30代 女性	屋上遊園地/郵便局/居酒屋/ステーキ屋 仕分作業/クリーニング店/パン屋
20代 女性	七草袋詰/焼き鳥屋/ハンバーガーショップ	40代 女性	海の家/コンビニ/桜葉摘み/小料理屋/左官屋 わさび漬け袋詰/パブ/テキ屋/ラブホ清掃 土産物店/ミサンガ作り/ミカン狩り/パブ ハンバーガーショップ/アイス屋/お茶摘み ウエイトレス/和菓子製造/植物園売店 バス添乗員/プール受付
20代 男性	ハンバーガーショップ/ステーキハウス/派遣土木作業員/派遣工場作業員/パチンコ店		
40代 女性	和食屋/海の家/コンビニ/清掃/カラオケ/焼肉店/コンパニオン/お好み焼き屋/喫茶店/遊園地スタッフ		

60代女性	プール監視員/皿洗い/CAFÉ調理/居酒屋 ホームセンター棚卸/競輪窓口/清掃 病院送迎/ハローワーク/クリーニング店受付 国勢調査員	40代男性	寿司屋皿洗い/ガソリンスタンド/土木測量 コンビニ/パチンコ店/ユニットバス設置 ゲーム機器入替作業/警備員 イカ釣り漁船早朝荷下ろし/
30代女性	コーヒーショップ/スマホ販売/梱包作業 ティッシュ・ビラ配り/居酒屋/コンパニオン 靴屋/アパレル販売/介護ヘルパー/靴屋 キャバクラ/ハンバーガーショップ/そば屋 /中華料理店	30代女性	レストラン/テーマパーク売店/雑貨屋店員 託児所/居酒屋/健診結果入力作業 ドラッグストアスポーツ用品店
50代女性	海鮮料理店洗い場/みかん収穫/茶摘み/清掃 生命保険外交/コンパニオン	40代女性	不動産受付/花屋/コンパニオン/居酒屋/ プール監視員/ガソリンスタンド ファミレス/焼鳥屋/懐石料理店/コンビニ ゴルフ場レストラン/海の家/ホテル売店
50代女性	パン屋/クリーニング店/試食コーナー	60代女性	キャディー/ウエイトレス/調理補助/ ホテル清掃/浴場清掃/美容販売/レコード販売
30代男性	造園/魚加工/ダイビングショップ/土木解体 テーマパーク/飲食店/魚屋/冷凍配送販売 /測量	30代女性	砂蒸し風呂/試食販売/ドラッグストア/そば屋 コンビニ/カレー屋/ホテル清掃
40代女性	カットモデル/メイクモデル/電話帳配達/ ウエイトレス/洗い場/ペンション調理補助 オペ室助手/保険外交員/ホームセンター /コンビニ/事務員/エステ	50代男性	建設作業員/酒販配送/海の家/中華料理店 キャディー/港湾労働者/ガソリンスタンド
30代女性	ファミレス/歯科助手	50代女性	ホテル売店・レストラン/ミカン狩り/ コーヒーショップ/ベビーシッター/ ペンション清掃/皿洗い/写真販売
30代女性	ホテル売店/居酒屋店員/プール監視員	60代男性	ガソリンスタンド/大工/スナック/貸しボート ベランダ取付/ワカメ干し/車板金塗装 造船所鉄鋼運搬/輸出車船内積込み/引越し
20代女性	イタリアンレストラン/ハンバーガーショップ	50代女性	海の家/レストラン/ミカン娘/バス会社事務 土産物店/写真撮影補助
50代女性	カラオケスナック/おでん屋 喫茶店/サービスエリア/郵便局年賀状/ 修学旅行引率/ベビーシッター	40代女性	ホテルラウンジ/ピザ屋/居酒屋/試食販売 日本料理店/有線放送営業/工場検品/清掃 ガソリンスタンド/キャンペーンガール
40代男性	居酒屋/たこ焼き屋/酒屋配達/ おはぎ製造工場/バーテン/土木作業員	60代男性	キャディー/ドーナツ店/ホテル宴会場 飛行機内清掃/スポーツ用品営業/ 牛丼屋/ゴルフ練習場/スポーツ施設 ホテル清掃/病院食事介助/ファミレス 寿司屋/ベビーシッター(バリにて)
30代女性	皿洗い/写真売り/コンビニ		
20代女性	皿洗い/歯科助手	40代女性	コンビニ/ペンション清掃/キャディー
50代女性	ホテル売店・受付/調理補助/皿洗い 土産物店販売/競輪売店/カフェ/食堂/ /干物店販売	30代男性	海の家/老人ホーム厨房/雀荘/POP書き ホテル皿洗い/宅急便仕分け/派遣バイト コールセンター業務/マグロ冷凍庫作業 デイサービス看護助手/介護
60代女性	小料理屋/山菜取り	40代女性	郵便局/ホテルベットメイク/お好み焼き屋 別荘清掃/居酒屋/シューマイ実演販売/ 皿洗い/乾物屋/キャディー/ラーメン店
30代男性	花屋/居酒屋/交通量調査/電気工事/ 事務所移転		
40代女性	郵便局/アンケート調査員/ウエイトレス 調理員	70代男性	キャディー/土木作業員/弁当配達 山菜取り/電設工事/水道屋(穴掘り)/ リンゴ農園受粉作業
60代女性	レストラン皿洗い/結婚式場 ウエイトレス/国勢調査員	40代男性	警備員/カラオケ家/居酒屋/搬出入/Bar 障子貼り/家庭教師/スキー場リフト係 ビル清掃/パチンコ屋/食品倉庫 カーオークション/派遣バイト色々
60代女性	レストラン/歯科受付/ホテル/プラ製品卸 メンテナンス清掃/カメラ販売/博物館展示 自動車販売/フィルム路上販売/ 競輪場/ガソリンスタンド		

40代女性	そば屋/ファミレス/食品レジ デパートサービスカウンター		50代女性	伊東お茶娘(キャンペーンガール) お土産店/純喫茶/海の家かき氷/ 犬の散歩/お茶摘み
50代男性	ガソリンスタンド/夜間工事/スナック コンビニ/引越し/交通量調査/スーパー ビル清掃/人探し/トラック助手/民宿 和菓子製造/実演営業/大学講師/		60代男性	バーテンダー/スキーインストラクター ピアノ・英語・数学家庭教師/酒屋配達 レストラン調理補助
40代女性	海の家/スーパーレジ/イベントスタッフ ひものシール貼り/居酒屋/露店(やきそば)		20代女性	居酒屋/カフェ/海の家/アイス屋/看護助手 民宿/デイサービス
30代女性	お惣菜パック詰め/花火大会看護係/老健		60代女性	保養所清掃・配膳/保育所/銀行後方事務 ファミレス/カスタマーサービス
50代男性	大工/ガソリンスタンド/土木作業員 自動車整備/皿洗い		30代女性	スキー場/居酒屋/結婚式場/レジ打ち 消防署・市役所事務/建設業事務/ふぐ家 ホテルレストラン/ティッシュ配り/清掃 天ぷら屋
30代女性	ガソリンスタンド/スタジアム売り子			
60代男性	施盤工/足場職人/キャディー/バーテン スナックボーイ/発掘調査/お菓子詰め込み 水道屋/内装屋/ライブハウススペース助っ人		50代女性	ケーキ屋/クリーニング店・工場/清掃 ホテルレストラン/給食調理/看護助手
50代女性	検診車/海の家/ホステス/送迎運転者 救急外来夜勤		50代女性	ペンション清掃/喫茶店/保養所/海の家 スナック/居酒屋/イベントコンパニオン
30代女性	着ぐるみ/寿司屋/歯科助手/ファミレス 宴会場手伝い/写真モデル/居酒屋/受付		40代男性	出会い系サクラ/漁師/煎餅家/工務店 グラウンドキーパー/旅館/

　結局、524件でしたが、1件200円弱となりました。

　皆、いろいろな仕事をしていたようです。

　普通はあまり前の仕事の話はしたがらないようですが、当院は違います。

　皆がいろいろな仕事をしていたと聞くと、私は嬉しいです。

　いろいろな仕事を経験してきたことで表現力も豊かになり、人間が大きくなるからです。

　一生懸命働かなくてはなりません。

　次はどんな職業につけるかな？

　　　　　皆に頑張って働いてほしいです……

仕事と遊びの事

　もう70歳になります（ものすごく元気です）。あちこち主張しなくなりました。人との付き合いも少なくして、なるべく多く仕事（診療）をして、休みにはゴルフをして、いろいろ変なテレビも見ないで医学書を読みながら早く寝ています。

　パチンコも時々します。バカな男です。アメリカ本土、イギリス、中国、韓国へは行ったことがありません。

　仕事をする時には看護助手、看護師、事務、皆で一つの仕事をしているのですから、遊ぶ時も私は一緒だと思います。

　私がハワイへ行くと職員もハワイに旅行に行かせます。私がサイパンに行くと皆もサイパンへ、ヨーロッパへ行くと皆もヨーロッパへ。「ああ職員にもいかせたいな〜」と思うのです。自分だけ良い思いをして他の人は別、というのは最低の考えだと思います。

　10年で5回もヨーロッパへ行った豪の者もおりますし、パートの職員でも2回位行った人もいます。しかし3〜4年前、税務署から「これは経費としては認められないのでダメだ」と言われ、中止となりました。最近は、北陸新幹線が開通すると皆で金沢へ、北海道新幹線が開通した時には皆で北海道まで行きました。昨年の旅行は長崎、北海道流氷ツアー、子供も連れて伊豆大島から反対の伊豆半島を見るという大島旅行でした。（子供達の分は小生の小遣いで）3回とも全部行った職員が3人いました。

また、その反対に医師、看護師を始めとしてホノルルマラソンに出たいと言うので、自分は行かなくてもスタッフだけで4,5人くらいで行かせてあげた事もあります。その数年後もS先生と職員もホノルルマラソンに出ると言う事で自分も応援に行きました。

　とにかくボスたる者は、自分だけ良い思いをして他の人にはやらないと言うのは間違っています。

おわりに（ー感謝の言葉ー）

　最後まで読んでくださってありがとうございます。

　何だか七十の齢を過ぎると回顧ぽくなるのか、やたらと昔のことがしのばれるのです。何と良き人たちに恵まれていたのか……まあ、実際は難しい局面もあったのですが、でも今考えるとみんなが私を育ててくれたような気がしてなりません。ただただ感謝の気持ちでいっぱいです。

　先日も救急車の救命士の人が六十九歳のご婦人を運んできました。そのご婦人、ただの便秘だったのですが、隊員の方々はいやな顔ひとつせずに彼女を労わりながら運び入れたのでした。こういう人こそ、エライって思います。

　この世界には、大きな顔をして小さなことを声高に言う人もいます。

　でも、ささやかであっても自分の務めに誠実に向きあい、務めを果たす人も少なくありません。私は、そんな人たちを何より応援したい。

　「はぁとふる」は開院して三十二年！　私ももう七十一歳です！

　いずれ頭もぼんやりし、足腰も弱るのかもしれません。

　それが人間というものです。

　だから、そろそろバトンタッチしなければと考えています。

　病院って医療も経営も本当にたいへんです。さいわいウチは

スタッフに恵まれ、患者さんにも恵まれ、二〇二〇年のコロナ禍でも無事にボーナスを出すことができました。

　感謝の思いは尽きません。
　なにより、こんな頓珍漢な私を、恩師の方々や先輩たちはいつもあたたかく見守ってくださいました。その方々に心から感謝の気持ちを捧げます。
　本当にありがとうございました。

　本文にも書きましたが、医療はいま大きな問題を抱えています。
　どんなに設備が整っていても、医者の気持ちがまっすぐでないと良い治療は行えません。
医学教育の問題、無給医の問題、保険制度の問題、様々な問題が山積みです。
　私も、今後できるだけ発言の機会を増やして、こうした問題を考え、そして訴えていきたいと願っています。
　そんな未来の医療を考えると、なんかものすごく大変だなあと尻込みしそうになります。でも、すべての問題の根源にあるのは、結局は人間の問題なのです。医療に心が備わっているかどうか、そのことが一番大切です。心をひとつにして前を向いて頑張っていきましょう。

　「おわりに」がだいぶ真面目っぽくなってしまいました。
　いちばん大事なのは毎日が楽しいこと。

愉快に生き生きと歩んでいきましょう。

　最後になりましたが、本書のすてきな装幀画と挿絵を描いてくださった現在業務部長をお願いしている村仲由美子さん（この方はガソリンスタンドに勤めたことも教師の免状もある人）に心からのありがとうをお伝えします。
　すべての人に、万感の思いを込めて感謝です。

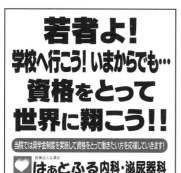

2007年より毎月伊豆新聞に
意見広告を掲載している中の一部です

〈著者紹介〉

肥田　大二郎（ひだ　だいじろう）医師

1949年（昭和24年）伊東市湯川に生まれる。
県立沼津東高等学校卒業、3年間浪人生活の後に
国立弘前大学医学部に入学。医学部卒業後、
弘前大学病院泌尿器科、聖隷浜松病院内科をへて、
1988年（昭和63年）に伊東市川奈に「ひだ内科・泌尿器科」を開院。
2005年（平成17年）に伊豆高原にふたつ目の診療所を開院し、
同時に「はぁとふる内科・泌尿器科」に改称し、現在に至る。
現在、理事長として後進の指導に当たると共に、
あらゆる機会をとらえ、若い人への啓蒙のために
新聞で呼びかけたり、奨学金制度を設けて勉学を
支援している。

著書『遅れてくる青年に捧げる』（平成24年）
　　　『ドクトル大二郎三浪記』（鳥影社、平成30年）

ドクトル大二郎
感謝を込めて ありがとう

2021年3月22日初版第1刷発行
2022年5月 8日初版第2刷発行
著　者　肥田大二郎
発行者　百瀬 精一
発行所　鳥影社 (www.choeisha.com)
〒160-0023 東京都新宿区西新宿3-5-12トーカン新宿7F
電話 03-5948-6470, FAX 0120-586-771
〒392-0012 長野県諏訪市四賀229-1(本社・編集室)
電話 0266-53-2903, FAX 0266-58-6771
印刷・製本　モリモト印刷

定価（本体1000円+税）

© HIDA Daijirou 2021 printed in Japan
ISBN978-4-86265-878-4 C0095